帶孩子一起學英文會話，
就是帶他們踏出邁向世界的第一步！

使用說明

和孩子一起學英文！

1. 學習要寓教於樂

在每一個單元開始之前，都有三個小活動，提供給爸爸媽媽參考，按表操課就可以一邊和孩子互動，一邊帶入簡單的英文，這樣不但能讓爸爸媽媽提早準備好怎麼教孩子，也讓孩子在日常生活中就能常常接觸英文，更讓學習變得輕鬆愉快又有趣！

本書提供的三個活動，皆以兼顧「學習性」、「可行性」、「加深親子感情」為原則，說明如下：

1. 學習性：本書提供大量的英文對話、單字，以及替換的句型，讓爸爸媽媽在和孩子一起學習時，是真的能學到日常各方面都能使用的英文！

2. 可行性：活動一定要能夠執行才有意義，本書的活動都力求可在家中就直接完成，不必另外花費大量功夫與金錢準備。

3. 加深親子感情：本書的活動強調親子間的交流，讓爸爸媽媽陪伴在孩子身邊，有助於加深彼此的感情。

Unit
1

It's Ti
➡ 該起

早上叫孩子起
趣，平時可以和孩

⚡活動1：讓好聽

一般的鬧鐘鈴
不如就把孩子的鬧
歌，如「Twinkle,
以用好歌開啟一天

⚡活動2：讓孩

在孩子還在床
（早安！）、「I
shine!」（該起床

2. 相關單字看這裡

本書在每一個單元都有附上給爸爸媽媽參考的相關單字，讓爸爸媽媽在準備和孩子的互動活動的時候不必額外耗費時間和心力，本書貼心提供可以直接使用的資料，也藉由這些單字加強學習的深度。

ake Up

能讓這件事變得更活潑有

也容易壞了一天的心情，
！可以先挑好簡單的英文
－閃一閃小星星），不只可
習裡頭的英文單字。

英文句子如：「Morning!」
該起床了！）、「Rise and
孩子從睜開眼睛就開始熟悉

英文，逐步讓英文進入孩子的生活。

活動3：從單字和情境對話學英文

　　爸爸媽媽可以和孩子一起先預習與「起床」相關的單字，用新學到的單字練習造句，孩子造出好句子之後，爸爸媽媽要記得給點獎勵喔！學完單字後，再進入情境對話的單元，藉由不同的情境對話來熟悉使用方式，也學習相關文法概念，打好英文基礎！

相關單字看這裡

- **sleep in** 賴床
- **alarm** 鬧鐘
- **time** 時間
- **late** 晚的
- **early** 早的
- **morning** 早晨
- **kiss** 親吻
- **hug** 擁抱
- **sleepy** 想睡覺的
- **tired** 疲倦的

- **in good spirits** 精神好
- **get ready** 準備好
- **wake up** 起床
- **awake** 清醒的
- **rise** 起身
- **shine** 照耀
- **go off** 發出聲響

3. 日常對話最實用

本書每一個單元都有兩篇對話，對話不只豐富還簡單，甚至可以高頻率使用！簡單又實用的對話讓爸爸媽媽在教學時不會顯得尷尬，孩子學會了更不用擔心缺乏使用時機！

4. 文法補充不能漏

即使是簡單的英文對話，本書也幫爸爸媽媽找出文法的重點概念，提供絕佳的輔助教材。除此之外，本書也附上「還能這麼說」、「這樣說也可以」兩個小單元，讓爸爸媽媽有更多不同的句子可以教小孩！

 情境對話

叫醒了孩子，孩子卻還想賴床…

Mom: Good morning, bab

Kid: **Good morning, Mor**

Mom: It's time to get up.

Kid: **Is it? What time is it**

Mom: It's almost eight.

Kid: **I want to sleep five**
 minutes.

Mom: Well! Time to start t
 Rise and shine!

 文法解析 問「現在幾點？」可以
點時，則可以說「It's e
eight.」

還可以這麼說！ 🎧 Track 002

★Morning! 早安！
★It's time to wake up! 該起床囉
★It's almost eight o'clock. 快
★Time to start the day! 該開始
★Rise and shine! 起床囉！

情境對話 2

🎧 Track 001

有時候是被孩子叫醒的……

🎧 Track 003

Kid:	**Daddy, wake up!**	把拔，醒醒！
Dad:	Oh! Sweetie. It's still quite early.	噢，親愛的。現在還很早耶
Kid:	**Come on! Let's play!**	趕快，我們來玩吧！
Dad:	Oh, can I sleep five more minutes?	噢。我可以再多睡五分鐘嗎？
Kid:	**No! Come on! Let's play!**	不行啦！趕快！我們來玩！
Dad:	Alright. Alright. I'm up.	好啦！好啦！我起床了。

文法
解析

說「現在時間還早」可以說「It's still early.」加上「quite」表示「相當」的意思。也可以對孩子說「You are so early!」表示「你好早起喔！」

還可以這麼說！ 🎧 Track 004

★Get up! 醒醒啊！

★Get out of bed! 趕快起床了！

★I'm already up. 我早就起床了。

★I'm already awake! 我早就醒了！

★The alarm went off! 鬧鐘響了！

★I want to sleep in on the weekend! 週末讓我睡晚一點吧！

作者序

　　身為一個英文老師，「教英文」這件事從來不陌生，但要怎麼「學英文」卻變得越來越陌生了。為了不要變成一名八股的老師，也為了重拾對語言的熱情，團隊下了個共同決定，讓老師們從零開始「學英文」。

　　從零開始學語言，指的並不單純只是學字母、背單字而已，更重要的是要浸潤在使用英文的環境中。就像學中文一樣，在開始學注音符號之前，我們就已經會開口說中文了。因此，我們希望可以讓孩子經由同樣自然的過程來學會英文。

　　在這個概念下，團隊融入我們身為老師的專業，著手進行這本會話書的撰寫。這本書的特別之處，是每一個單元前都附上「活動教案」，讓爸爸媽媽可以和孩子一起「親子共學」，帶著孩子習慣英文的環境。

　　這些親子共學的活動都強調「學習性」、「可行性」，且能「加深親子感情」，透過孩子日常生活習慣的引導、睡前故事、談心等簡單的活動，讓爸爸媽媽能實際執行這些教案內容。

　　除此之外，也附上我們研究出最符合生活情境的延伸句子和單字，同時提供文法辨析，讓爸爸媽媽們能使用的教材更加豐富，準備和孩子的互動活動的時候不必額外耗費大量的時間和心力。

　　希望這本書可以成為一個種子，協助爸爸媽媽們每天都花一點點時間和孩子用英文交談，讓孩子不再害怕聽到英文，也不會害怕說英文，最後可以自在地以英文會話溝通。而親子共學也能越來越普及，讓爸爸媽媽和孩子彼此之間的感情越來越好。

　　接下來，請各位爸爸媽媽與孩子一起翻開本書，帶著孩子進入英文的世界吧！

目錄

Part 1 Good Morning 早安

Good Habits
養成好習慣

Common Knowledge
生活常識

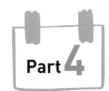

Part 4 Be Careful
生活安全

Part 5 Meal Time
用餐時光

Part 6 Indoor Activities
室內活動

Part 7 Outdoor Activities
戶外活動

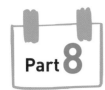

Part 8 Going Out
出門在外

Part 9 Incidents
各種狀況

Part 10 Holidays and Festivals
節慶活動

Part 11 Good Night
晚安

Good Morning
早安

It's Time to Wake Up

⇒ 該起床了

寓教於樂這樣做

早上叫孩子起床總是一場硬仗，但也能讓這件事變得更活潑有趣，平時可以和孩子一起做以下活動：

活動1：讓好聽的英文歌叫孩子起床

一般的鬧鐘鈴聲總是讓人覺得刺耳，也容易壞了一天的心情，不如就把孩子的鬧鈴換成他喜歡的英文歌吧！可以先挑好簡單的英文歌，如「Twinkle, Twinkle, Little Star」（一閃一閃小星星），不只可以用好歌開啟一天的好心情，還可以趁機學習裡頭的英文單字。

活動2：讓孩子習慣被英文喚醒

在孩子還在床上睡眼惺忪時，可以用英文句子如：「Morning!」（早安！）、「It's time to wake up!」（該起床了！）、「Rise and shine!」（該起床了！）來叫醒孩子，讓孩子從睜開眼睛就開始熟悉

英文，逐步讓英文進入孩子的生活。

活動3：從單字和情境對話學英文

爸爸媽媽可以和孩子一起先預習與「起床」相關的單字，用新學到的單字練習造句，孩子造出好句子之後，爸爸媽媽要記得給點獎勵喔！學完單字後，再進入情境對話的單元，藉由不同的情境對話來熟悉使用方式，也學習相關文法概念，打好英文基礎！

相關單字看這裡

- **sleep in** 賴床
- **alarm** 鬧鐘
- **time** 時間
- **late** 晚的
- **early** 早的
- **morning** 早晨
- **kiss** 親吻
- **hug** 擁抱
- **sleepy** 想睡覺的
- **tired** 疲倦的

- **in good spirits** 精神好
- **get ready** 準備好
- **wake up** 起床
- **awake** 清醒的
- **rise** 起身
- **shine** 照耀
- **go off** 發出聲響

情境對話 **1**

叫醒了孩子，孩子卻還想賴床⋯⋯ 　　🎧 Track 001

Mom:	Good morning, baby!	寶貝早安！
Kid:	**Good morning, Mommy!**	媽咪早安！
Mom:	It's time to get up.	該起床囉！
Kid:	**Is it? What time is it?**	是嗎？現在幾點了？
Mom:	It's almost eight.	快八點了呢。
Kid:	**I want to sleep five more minutes.**	我想再睡五分鐘。
Mom:	Well! Time to start the day. Rise and shine!	這個嘛！該開始一天的活動了。起床囉！

文法解析 問「現在幾點？」可以說「What time is it?」回答說幾點時，則可以說「It's eight o'clock.」或是直接說「It's eight.」

還可以這麼說！ 　🎧 Track 002

★Morning! 早安！

★It's time to wake up! 該起床囉！

★It's almost eight o'clock. 快八點了。

★Time to start the day! 該開始一天的活動了！

★Rise and shine! 起床囉！

情境對話 2

有時候是被孩子叫醒的……

🎧 Track 003

Kid:	**Daddy, wake up!**	把拔，醒醒！
Dad:	Oh! Sweetie. It's still quite early.	噢，親愛的。現在還很早耶。
Kid:	**Come on! Let's play!**	趕快，我們來玩吧！
Dad:	Oh, can I sleep five more minutes?	噢。我可以再多睡五分鐘嗎？
Kid:	**No! Come on! Let's play!**	不行啦！趕快！我們來玩！
Dad:	Alright. Alright. I'm up.	好啦！好啦！我起床了。

文法解析 說「現在時間還早」可以說「It's still early.」加上「quite」表示「相當」的意思。也可以對孩子說「You are so early!」表示「你好早起喔！」

還可以這麼說！

🎧 Track 004

★Get up! 醒醒啊！

★Get out of bed! 趕快起床了！

★I'm already up. 我早就起床了。

★I'm already awake! 我早就醒了！

★The alarm went off! 鬧鐘響了！

★I want to sleep in on the weekend! 週末讓我睡晚一點吧！

Unit 2

Make the Bed

→ 整理床鋪

寓教於樂這樣做

生活習慣要從小地方培養，如果想讓孩子學會「tidy up the room.」（整理房間），就要從「make the bed」（整理床鋪）開始，整齊的床鋪可以讓房間煥然一新！

💡 **活動1：認識房內物品的英文名稱**

參考列出的房內物品相關英文單字，和孩子一起認識這些天天都會用到的夥伴吧！除了「bed」（床）和「pillow」（枕頭）之外，也要認識「sheet」（床單）和「quilt」（棉被）喔！在認識這些單字時，可以和孩子玩小遊戲，說出某項物品的英文名稱，看孩子能不能順利找出目標，可以的話就給孩子點心當成獎勵吧！

💡 **活動2：用英文學習整理床鋪的步驟**

在學會房內物品的英文單字後，就可以來整理床鋪了！可以把

單字變成動作，如學會「sheet」（床單）後，可以進階到「smooth the sheet」（把床單弄平整），學會「quilt」（棉被）之後，就能學「fold the quilt」（折被子），最後知道這一整套的動作是「make the bed」（整理床鋪）。在學習英文句子的時候，就可以做相應的動作，既能夠訓練孩子整理床鋪，又能學會英文，可以說是一石二鳥！

活動3：從單字和情境對話**學英文**

在認識完相關單字後，試著用單字來造句，用新學到的單字練習造句，孩子造出好句子之後，爸爸媽媽要記得給點獎勵喔！學完單字後，再進入情境對話的單元，藉由不同的情境對話來熟悉使用方式，也學習相關文法概念，打好英文基礎！

相關單字看這裡

- **pillow** 枕頭
- **sheet** 床單
- **blanket** 毯子
- **quilt** 被子
- **bed** 床
- **mat** 床墊
- **headboard** 床頭櫃
- **hanger** 衣架
- **stool** 凳子
- **mirror** 鏡子
- **night light** 小夜燈
- **carpet** 地毯
- **tidy up** 整理
- **smooth** 光滑的；使平整
- **fold** 摺疊
- **bedroom** 臥室
- **single bed** 單人床

情境對話**1**

請孩子開始整理床鋪……

Mom: It's time to tidy up your room.	現在你應該整理一下房間了。
Kid: I don't know how to do it.	我不知道要怎麼做。
Mom: First, make your bed.	首先要整理床鋪。
Kid: But I don't know how.	但是我不知道要怎麼做。
Mom: Smooth the sheet. I'll show you.	把床單弄平整。我做給你看。
Kid: It looks easy.	看起來很容易。

文法解析 如果要表達「不知道要怎麼做」，可以用「I don't know + Wh疑問詞 + to V」的句型來說，例如「I don't know how to do it.」（我不知道要怎麼做）、「I don't know what to wear.」（我不知道要穿什麼）、或「I don't know who to ask.」（我不知道要問誰）。

還可以這麼說！ Track 006

★**Let's make the bed.** 我們來鋪床。

★**I'll show you how.** 我示範給你看。

★**It's easy.** 很簡單。

★**You are doing a good job.** 你做得很好。

孩子學會自己鋪床了……

🎧 Track 007

Kid:	**Mom! Come and take a look!**	媽媽，過來看一下！
Mom:	**Wow, you made your bed. Good job!**	哇，你整理了床鋪。做得真棒！
Kid:	**I did it all by myself!**	我都是自己做的喔！
Mom:	**I am so proud of you. But where is the pillow?**	我真替你驕傲！但是枕頭呢？
Kid:	**It's under the quilt.**	在被子底下。
Mom:	**Brilliant! Well done.**	真聰明！做得好。

文法解析

說「自己做的」可以說「I did it by myself.」或「I did it on my own.」。表示「某人自己」是「by + oneself」，例如「by yourself」（你自己）、「by himself」（他自己）、「by herself」（她自己）、「by ourselves」（我們自己）、「by themselves」（他們自己）等。

還可以這麼說！ 🎧 Track 008

★**I made the bed by myself.** 我自己鋪床。

★**Fold the blanket.** 摺毯子。

★**Put the pillow here.** 把枕頭放在這裡。

★**Let's do it together.** 我們一起做。

★**Well done!** 做得好！

Get Changed

➡️ 換衣服

寓教於樂這樣做

　　從小開始讓孩子自己選擇想穿的衣服，就可以培養起孩子的衣著品味，讓我們一起用英文試試看吧！

💡**活動1：認識衣服的英文名稱**

　　參考列出的衣物相關英文單字，和孩子一起認識不同的衣物吧！也可以再搭配顏色一起學習，像是「blue T-shirt」（藍T恤）、「black vest」（黑背心）、「white dress」（白裙子）等。

💡**活動2：要穿這一件嗎？**

　　在每天換衣服的時候，可以帶孩子到鏡子前面，請孩子「look into the mirror」（照鏡子），問孩子「Do you want to wear this blue T-shirt?」（你想穿這件藍T恤嗎？）、「Do you want to wear this black vest?」（你想穿這件黑背心嗎？）、「Do you want to wear this white dress?」（你想穿這件白裙子嗎？）等等，讓孩子回答「yes」（好）或「no」（不好）。也可以讓孩子直接用英文指定自己想要穿什麼衣服，可以使用「I want to wear...」（我想穿……）的句型。

活動3：從單字和情境對話學英文

在認識完相關單字後，試著用單字來造句，用新學到的單字練習造句，孩子造出好句子之後，爸爸媽媽要記得給點獎勵喔！學完單字後，再進入情境對話的單元，藉由不同的情境對話來熟悉使用方式，也學習相關文法概念，打好英文基礎！

相關單字看這裡

- **shirt** 襯衫
- **skirt** 裙子
- **T-shirt** T恤
- **dress** 洋裝
- **trousers** 長褲
- **shorts** 短褲
- **sports uniform** 運動服
- **suit** 套裝；服裝
- **uniform** 制服

- **sweater** 毛衣
- **jacket** 夾克
- **hooded jacket** 連帽外套
- **outwear** 外衣、外套
- **coat** 大衣
- **gown** 女性禮服；袍子
- **jeans** 牛仔褲

情境對話 1

早上幫孩子挑選衣服……

🎧 Track 009

Mom:	It's time to get changed!	該換衣服囉！
Kid:	**Can't I just wear my pajamas to school?**	我不能穿著睡衣去學校就好嗎？
Mom:	Pajamas are for bedtime.	睡衣是睡覺時穿的。
Kid:	**But I don't know what to wear.**	但是我不知道要穿什麼。
Mom:	Here. Look at the mirror. How about the blue T-shirt?	來，照一下鏡子。穿藍色的T恤如何呢？
Kid:	**No. I look fat in that T-shirt.**	不要。我穿那件T恤看起來很胖。
Mom:	Well! Let's find out what you like.	恩。那我們來看看你喜歡什麼吧。

文法解析

提醒孩子說「該換衣服了」可以說「It's time to get changed.」或「It's time to get dressed.」。其中，「It's time to~」表示「該是～的時間囉！」而「get dressed」也可以直接說「change your clothes」。

還可以這麼說！ 🎧 Track 010

★Change your clothes. 換衣服吧。

★Pajamas are for sleep. 睡衣是睡覺時穿的。

★Wear whatever you like. 穿你喜歡的衣服。

★Get changed now! 現在就去換衣服！

★I don't know what to wear. 我不知道要穿什麼。

024

有時候孩子選的衣服是看心情不看場合的……　🎧 Track 011

Kid:	**Mom, where is my superman suit?**	媽媽，我的超人裝在哪裡？
Mom:	**It's in the closet. Why?**	在衣櫃裡啊，怎麼了？
Kid:	**I want to wear it to school today.**	我今天想穿它去學校。
Mom:	**Not today. It's school uniform day.**	今天不行喔。今天是學校制服日。
Kid:	**When can I wear it, then?**	那我什麼時候可以穿它呢？
Mom:	**Maybe this weekend, sweetie.**	週末可能可以，小甜心。

 說「今天是學校制服日」可以說「It's school uniform day.」；表示「今天是～的日子」可以說「It's ~ day.」。例如「It's field trip day.」（今天是校外教學日）或者「It's sports day.」（今天是運動的日子）。

還可以這麼說！　🎧 Track 012

★**I can't find my princess dress.** 我找不到我的公主裙。
★**Where is my uniform shirt?** 我的制服襯衫在哪裡？
★**It's in the drawer.** 它在抽屜裡。
★**It should be in the drawer.** 它應該在抽屜裡。
★**It's sports day.** 今天是運動日。
★**I don't want to wear this.** 我不想穿這件。

Brush Your Teeth

➡ 刷牙

寓教於樂這樣做

西方世界有句俗話是「Healthy teeth, healthy kids.」（有健康的牙齒，才有健康的小孩），由此可知「dental care」（牙齒照護）是相當重要的，讓孩子從小建立刷牙的好習慣吧！

活動1：認識口腔清潔相關的單字

參考列出的口腔清潔相關英文單字，和孩子一起認識刷牙時不可或缺的用品吧！除了每天都會用到的「toothbrush」（牙刷）、「toothpaste」（牙膏），還可以搭配「floss」（牙線）、「mouthwash」（漱口水）等物品一起使用喔。

活動2：不刷牙會怎麼樣？

在孩子抗拒刷牙的時候，可以讓孩子瞭解不刷牙的壞處，問孩子「What if you don't brush your teeth?」（不刷牙會怎麼樣？），再

告訴孩子如果不刷牙的話，會有「tooth cavities」（蛀牙）和「bad breath」（口臭），藉此讓孩子養成刷牙的好習慣。

活動3：刷牙**要注意這些**動作

刷牙可不能馬虎帶過，要請孩子注意「brush the upper / bottom teeth」（刷上／下排牙齒）、「brush the chewing surface」（刷牙齒的咬合面）、「don't forget to gargle」（別忘了漱口）。

相關單字看這裡

- **toothbrush** 牙刷
- **toothpaste** 牙膏
- **floss** 牙線
- **mouthwash** 漱口水
- **towel** 毛巾
- **gargle** 漱口
- **tooth decay** 蛀牙
- **bad breath** 口臭
- **chew** 嚼
- **dental** 牙科
- **upper** 較高的
- **bottom** 較低的
- **surface** 表面
- **tooth** 牙齒
- **baby tooth** 乳牙
- **electric toothbrush** 電動牙刷
- **gums** 牙齦
- **tongue** 舌頭

情境對話1

告訴孩子該刷牙了……

🎧 Track 013

Mom:	Now, you should go brush your teeth.	現在你應該要去刷牙了。
Kid:	Can I brush my teeth after breakfast?	我可以吃完早餐再刷牙嗎？
Mom:	No, it's important to brush your teeth first.	不行，先刷牙很重要。
Kid:	But I don't like the taste of the toothpaste.	但是我不喜歡牙膏的味道。
Mom:	Come on! It is strawberry flavor, your favorite.	沒關係啦！這是草莓口味，你最喜歡的。
Kid:	OK. I'll brush my teeth first.	好啦。我會先刷牙。

文法解析

要提醒孩子去做某件事情，可以用「go + 原形動詞」的句型來說，例如「Go get dressed.」（去穿衣服。）、「Go get changed.」（去換衣服。）或「Go brush your teeth.」（去刷牙。）、「Go have breakfast.」（去吃早餐。）等等，是由本來「Go and +原形動詞」的祈使句簡化而來的。

還可以這麼說！ 🎧 Track 014

★You need to brush your teeth. 你得去刷牙。

★Go brush your teeth. 去刷牙。

★Brush your teeth first. 先去刷牙。

★Did you brush your teeth? 你刷牙了嗎？

情境對話 2

提醒孩子刷牙的步驟……

🎧 Track 015

Mom:	Now squeeze some toothpaste on your toothbrush.	現在擠一些牙膏在牙刷上面吧。
Kid:	The toothpaste tastes bitter.	牙膏嚐起來苦苦的。
Mom:	It helps to protect your teeth.	它可以保護你的牙齒。
Kid:	I'll just use a little bit.	我只要用一點點。
Mom:	Brush your teeth up and down.	上下刷你的牙齒。
Kid:	OK. I'm done.	好,我刷好了。
Mom:	Don't forget to gargle.	別忘了要漱口。

文法解析

說「嚐起來～」可以說「It tastes~」,有時候小朋友不喜歡牙膏的味道,可能會說「It tastes strange/ funny/ bitter.」(它嚐起來很奇怪/怪怪的/有苦味。)

還可以這麼說！ 🎧 Track 016

★Squeeze some toothpaste onto your toothbrush.
　擠些牙膏在牙刷上。
★Use the toothpaste. 用牙膏。
★Use the floss. 用牙線。
★I hate toothpaste. 我討厭牙膏。
★It prevents tooth decay. 它可以預防蛀牙。
★Don't forget to wash your face. 別忘了要洗臉。
★Dry your face with the towel. 用毛巾擦臉。

Ready for Breakfast

⟹ 準備吃早餐

寓教於樂這樣做

　　一日之計在於晨，吃一頓好的早餐，一整天就有了活力。用豐盛的早餐開啟精采的一天吧！

活動1：認識早餐的英文名稱

　　參考列出的早餐相關英文單字，和孩子一起認識常常吃到的餐點吧！常見的早餐選項有：「toast」（吐司）、「porridge」（粥）、「egg pancake roll」（蛋餅），這些餐點，孩子比較喜歡吃哪一項呢？

活動2：今天早上吃什麼？

　　在準備早餐之前，可以問孩子「What do you want for breakfast today?」（你早餐想吃什麼？），也可以直接問孩子要不要吃特定的早餐，如「Do you want egg pancake rolls for breakfast?」（你要吃蛋

餅當早餐嗎？）、如「Do you want some milk for breakfast?」（你早餐要喝牛奶嗎？），再讓孩子回答「Yes」（好）或「No」（不好）。

💡 活動3：**一起設計**早餐菜單

等到孩子熟悉不同早餐的英文說法後，就可以試著一起設計早餐菜單了！可以用一塊厚紙板寫一個簡單的「Breakfast Menu」（早餐菜單），上面寫孩子喜歡的早餐組合，如「Ham and Cheese Sandwich」（火腿起司三明治）、「Cereal with Milk」（牛奶麥片）、「Hamburger」（漢堡）等。

相關單字看這裡

- **toast** 吐司
- **egg** 蛋
- **ham** 火腿
- **cheese** 起司
- **porridge** 粥
- **egg pancake roll** 蛋餅
- **milk** 牛奶
- **juice** 果汁
- **soybean milk** 豆漿

- **breakfast** 早餐
- **cereal** 麥片
- **bread** 麵包
- **toaster** 烤麵包機
- **slice** 片
- **pancake** 美式鬆餅
- **waffle** 格子鬆餅
- **bagel** 貝果

詢問孩子想吃什麼早餐……　　　　　　　🎧 Track 017

Mom:	Time for breakfast!	吃早餐囉！
Kid:	Great! I am hungry!	太好了！我好餓！
Mom:	What do you want for breakfast today?	你今天早餐想吃什麼呢？
Kid:	I want ham and cheese sandwich.	我想吃火腿起司三明治。
Mom:	All right! Let's make it together!	好啊。我們一起來製作吧！
Kid:	Ok. I'm ready.	好的，我準備好了。

文法解析

平常表達「早／午／晚餐想吃什麼」，可以用「What do you want for breakfast/ lunch/ dinner?」的句型，來和孩子討論並且練習用英文對話，鼓勵孩子用「I want ～（食物名稱）for ～（早／午／晚餐）.」的句型來回答。

還可以這麼說！　🎧 Track 018

★It's time for breakfast.　吃早餐囉！

★Come and have breakfast.　過來吃早餐囉。

★What do you want for breakfast?　你早餐想吃什麼呢？

★Here is your breakfast.　這是你的早餐。

情境對話2

和孩子一起準備早餐……

🎧 Track 019

Kid:	**What should I do first?**	我要先做什麼呢？
Mom:	**Put the bread into the toaster.**	把麵包放進烤麵包機裡面。
Kid:	**The toast is ready! And then?**	吐司烤好了！然後呢？
Mom:	**Place a slice of ham and cheese between two pieces of bread.**	放一片火腿和一些起司在兩片麵包中間。
Kid:	**Now I have a ham and cheese sandwich!**	我做好火腿起司三明治了！
Mom:	**You can enjoy your breakfast now.**	現在可以享用早餐了。

文法
解析

指導孩子做早餐的步驟，可以用祈使句，這個句型要以動詞原型開始，例如：「Put the bread into the toaster.」（把麵包放進烤麵包機裡面。）、「Place a slice of ham and cheese between two pieces of bread.」（放一片火腿和一些起司在兩片麵包中間。）等等，可以在句子一開始加上「Please」，用更有禮貌的說法示範給孩子聽。

還可以這麼說！ 🎧 Track 020

★**Breakfast is ready.** 早餐準備好了。
★**Do you want cereal and milk?** 你要吃麥片加牛奶嗎？
★**French toast again?** 又是吃法國吐司嗎？
★**Let's have something different.** 我們吃一些不一樣的吧。
★**I want egg pancake roll today.** 我今天想吃蛋餅。
★**What about toast with ham and egg?** 火腿蛋吐司如何？
★**Let's go out for breakfast.** 我們出去吃早餐吧。

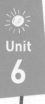

Ready to Go Out

出門前的準備

寓教於樂這樣做

孩子每天出門上學前，會不會有忘東忘西的狀況呢？可以一起列出清單，上面寫好要記得帶的東西，每天就能與孩子一起檢查有沒有遺漏什麼東西喔。

活動1：**和孩子一起準備**學校用品清單

參考列出的物品英文單字，和孩子製作「School Bag Checklist」（書包確認清單）吧！書包裡面要記得放「pencil box」（鉛筆盒）、「textbooks」（課本）、「notebook」（筆記本）、「homework」（作業）、「water bottle」（水壺）等物品。

活動2：**東西帶齊了嗎？**

每天睡前，可以先問孩子「Do you have all you need in your bag?」（需要的東西都在書包裡了嗎？），然後逐項念出孩子會用到

的物品，孩子確認有帶之後，就可以說「Check!」（確認！）。

活動3：從單字和情境對話學英文

在認識完相關單字後，試著用單字來造句，用新學到的單字練習造句，孩子造出好句子之後，爸爸媽媽要記得給點獎勵喔！學完單字後，再進入情境對話的單元，藉由不同的情境對話來熟悉使用方式，也學習相關文法概念，打好英文基礎！

相關單字看這裡

- **schoolbag** 書包
- **pencil box** 鉛筆盒
- **ballpoint pen** 原子筆
- **eraser** 橡皮擦
- **corrector**
  修正液 / 修正帶
- **ruler** 尺
- **highlighter** 螢光筆
- **textbooks** 課本
- **notebook** 筆記本

- **handout** 講義
- **homework** 作業
- **folder** 資料夾
- **water bottle** 水壺
- **lunch box** 午餐盒
- **key** 鑰匙
- **wallet** 錢包
- **handkerchief** 手帕
- **glasses** 眼鏡

催促孩子準備上學……　　　　　　　　　　　🎧 Track 021

Dad:	**Are you ready for school?**	準備好去上學了嗎？
Kid:	**Can I finish this TV show?**	我可以看完這個電視節目嗎？
Dad:	**No. Go get your schoolbag.**	不行。去拿你的書包。
Kid:	**Where is my school bag?**	我的書包在哪裡呢？
Dad:	**It's on your desk!**	在你的書桌上啊！
Kid:	**Ok. I'm ready for school.**	好的，我準備好上學了。

文法解析

要表達「準備好做某事」，可以用「I'm ready for ~」或「I'm ready to ~」的句型，可以在日常生活的對話中鼓勵孩子使用這個句型，例如：「I am ready for school.」（我準備好去上學了。）、「I'm ready for dinner.」（我準備好吃晚餐了。）、「I'm ready to sleep.」（我準備睡覺了。）等等。

還可以這麼說！　　🎧 Track 022

★**Are you ready to leave?** 你準備好出門了嗎？

★**We are all waiting for you.** 我們都在等你。

★**Hurry up!** 快一點！

★**Go get your lunch box.** 去拿你的午餐盒。

情境對話 2

詢問孩子有沒有帶齊學校用品……　　　Track 023

Mom:	**What's taking you so long?**	什麼事情讓你拖那麼久？
Kid:	I can't find my pencil box.	我找不到我的鉛筆盒。
Mom:	**I think it's in your drawer.**	我想它是在你的抽屜裡面。
Kid:	Oh! Here it is. Thank you, Mom.	噢！在這裡。謝謝你，媽媽。
Mom:	**Do you have everything ready now?**	你現在準備好所有東西了嗎？
Kid:	Yes. I've got everything ready.	嗯。我都準備好了。

文法解析　表示「花時間」可以說「It takes me ~ to ~」表示「做某件事花了我多少時間」。爸媽帶著催促語氣對孩子說「What's taking you so long?」是表示「什麼事情讓你花這麼多時間？」的意思。

還可以這麼說！　Track 024

★**Did you get everything?** 你把所有東西都準備好了嗎？

★**We are almost late.** 我們已經要遲到了。

★**What's taking you so long today?**
你今天弄什麼花那麼久的時間？

★**I can't find my glasses.** 我找不到我的眼鏡。

★**I've already got everything ready.** 我早把東西都準備好了。

★**Stop dragging your feet!** 別再拖拖拉拉了。

Part 2

Good Habits
養成好習慣

Put on Clothes

把衣服穿好

寓教於樂這樣做

透過穿衣服和褲子的流程，也可以學到許多英文單字，讓我們一起用英文試試看吧！

活動1：今天想要穿什麼？

在前面的單元（P022）有先學到挑想穿的衣服怎麼說，可以趁現在複習喔！先問孩子「What do you wantto wear today?」（你今天想穿什麼？），讓孩子回答「I want to wear this blue T-shirt.」（我想穿這件藍T恤。）、「I want to wear this white dress.」（我想穿這件白裙子。），一起來挑選孩子今天要穿的衣服。

活動2：穿衣服有步驟

爸爸媽媽可以教小孩養成一個慣例的穿衣順序，從「Pick up the shirt.」（把衣服拿起來。）開始，再來要「Put the shirt through the top hole.」（把頭套進領口。）、「Put the arms into the sleeves.」

（把手穿進袖子裡。），這樣就把衣服穿好了！

　　穿褲子也可以一步一步來，先「Put the legs into the pants.」（把腳放進褲管裡。）、「Pull the pants up to the waist.」（把褲子拉到腰際。），最後「Zip up your pants.」（拉上褲子拉鍊。）並「Fasten the button.」（扣上釦子。），就順利把褲子穿好啦！

活動3：穿衣動詞大不同

　　在一邊動作，一邊學英文的時候，有沒有注意到動詞的不同呢？像是穿上衣物用「put on」（穿上）、把褲子拉起來用「pull」（拉）、拉拉鍊用「zip」（拉上），而扣釦子用「fasten」（扣上、繫上）。每天換上新服裝的時候都會用到很多不同動詞喔，一起來看參考的單字，把這些動詞都學起來吧！

相關單字看這裡

- **put on** 穿上
- **pull** 拉
- **zip** 拉上
- **tie** 綁；領帶
- **fasten** 扣上、繫上
- **button** 釦子
- **wear** 穿
- **take off** 脫下
- **sleeve** 袖子
- **sneakers** 運動鞋
- **flip-flop** 夾腳拖鞋
- **shoelace** 鞋帶
- **zipper** 拉鍊
- **cap** 帽子
- **scarf** 圍巾
- **gloves** 手套
- **raincoat** 雨衣

幫孩子更衣的時候……

🎧 Track 025

Mom:	Baby, come here and change your pajamas.	寶貝，來這邊把睡衣換掉吧。
Kid:	I am wearing my Batman T-shirt today.	我今天要穿我的蝙蝠俠T恤。
Mom:	OK. Put it on.	好啊。穿上吧。
Kid:	And my jeans.	還有牛仔褲。
Mom:	Very well. Put them on.	很好。穿上吧。
Kid:	And my Batman jacket.	還有我的蝙蝠俠外套
Mom:	Put it on. Remember to buckle up.	穿上吧。記得扣好釦子喔。

文法解析

在日常生活中，要表達「我要～」可以用現在進行式的動詞（V-ing）表示之後要做的動作，例如「I'm wearing my Batman T-shirt.」（我要穿我的蝙蝠俠T恤。）、「I'm having a hamburger for dinner.」（我要吃漢堡當晚餐。）等等。

還可以這麼說！　🎧 Track 026

★Take it off. 把它脫下來。

★Wear it, then. 那就穿吧。

★Buckle up. 扣好扣子。

★I'll zip it up for you. 我幫你拉拉鍊。

教孩子把配件和鞋子也穿上……　🎧 Track 027

Mom:	Can you put on the shoes by yourself?	你可以自己穿鞋子嗎？
Kid:	Yes, I can.	是的，我可以。
Mom:	Can you buckle them yourself?	你可以自己扣上鞋扣嗎？
Kid:	I think so.	我想我可以。
Mom:	Very good. Don't forget your cap.	非常好。別忘了你的帽子。
Kid:	And my backpack.	還有我的背包。

文法解析　表示「別忘了……」，後面可以接名詞或動詞。例如「Don't forget your schoolbag.」（別忘了你的書包。）、「Don't forget to do your homework.」（別忘了做功課。）等等。

還可以這麼說！　🎧 Track 028

★Put on your socks. 穿上你的襪子。
★Put on your shoes. 穿上你的鞋子。
★Buckle your shoes. 扣上你的鞋釦。
★Tie your shoes. 綁好鞋帶。
★Zip up your jacket. 拉上夾克拉鏈。
★Zip up your pants. 拉上褲子拉鍊。
★You wear your clothes inside out. 你的衣服穿反了。

Unit 2

Go to the Potty

⇒ 上廁所

寓教於樂這樣做

　　如果孩子常常選擇憋尿或忍住便意，結果忍到最後拉在褲子上，清理時不免感到相當無奈。為了避免這樣的慘狀，讓孩子小小聲用英文說想去上廁所也是一個方法喔。

💡**活動1：規律的**如廁時間

　　可以觀察看看孩子有沒有習慣的上廁所時段，到了差不多的時間時，就可以問他「Do you want to pee?」（你想要尿尿嗎？）或「Do you need to poo?」（你需要便便嗎？）。

💡**活動2：想去廁所要**開口說

　　孩子有如廁需求時，要及時表達，一開始可以先讓孩子說「pee-pee」表示想要上小號，或者說「poo-poo」表示想要上大號。再進階一點，就可以讓孩子說出完整的句子，如「I want to pee.」（我想要

尿尿。）或「I need to poo.」（我需要便便。），也可以説「I want to go to the toilet.」（我想要去上廁所。）。

活動3：從單字和情境對話學英文

爸爸媽媽可以和孩子一起先預習與「上廁所」相關的單字，試著用單字來指認廁所內的物品。做好準備後，再進入情境對話的單元，藉由不同的情境對話來熟悉使用方式，也學習相關文法概念，打好英文基礎！

相關單字看這裡

- **potty** 便盆
- **toilet** 廁所；馬桶
- **pee** 尿尿
- **poop** 便便
- **butt** 屁股
- **toilet paper** 衛生紙
- **tissue** 面紙
- **flush** 沖水
- **wipe** 擦

- **bathroom** 洗手間
- **restroom** 洗手間
- **paper towel** 擦手紙
- **toilet roll** 廁紙捲
- **box tissue** 面紙盒
- **toilet brush** 馬桶刷
- **hand dryer** 烘手機
- **sink** 洗手台

詢問孩子要不要上廁所……

🎧 Track 029

Mom:	Do you want to pee?	你想尿尿嗎？
Kid:	Not now. I want to play.	現在不想。我想玩。
Mom:	Are you sure? Don't hold it.	你確定嗎？不要憋喔。
Kid:	OK. I want to pee.	好吧。我想尿尿。
Mom:	Go to sit on the potty, then.	那就去廁所啊。
Kid:	Can you help me, please?	你可以幫我嗎？

文法解析

要教小孩「去坐在便盆上」（go sit on the potty）、「去洗手」（go wash your hands）、「go get your school bag」（去拿你的書包）可以用「go + 動詞原形」的句型來表達。

還可以這麼說！ 🎧 Track 030

★Do you want to pee now? 現在你想尿尿嗎？
★I can see that you are holding it. 我看得出來你在憋尿。
★Remember not to hold it. 不要憋喔。
★Go to the potty. 去洗手間。

情境對話 2

平常讓孩子養成上廁所的習慣……

🎧 Track 031

Mom:	Have you finished?	你上完了嗎？
Kid:	Yes, I'm done.	嗯，我好了。
Mom:	Can you wipe your butt yourself?	你可以自己擦屁股嗎？
Kid:	Yes. I can flush the toilet myself, too.	嗯，我也可以自己沖馬桶。
Mom:	Very good. Now wash your hands.	很好。去洗手吧。
Kid:	I am a good kid.	我真是一個好孩子。

文法解析

表示「自己完成某件事」可以在動詞後面加上「myself」、「yourself」這類的反身代名詞，例如要叫小孩自己擦屁股、自己沖馬桶，可以說「Can you wipe your butt yourself?」、「Can you flush the toilet yourself?」等等，孩子可以自己做到時，爸媽可以適時給予鼓勵。

還可以這麼說！ 🎧 Track 032

★I need to sit on the potty. 我想上廁所。

★I need to pee. 我要去尿尿。

★Get off the toilet. 從馬桶上下來。

★Wipe your butt. 擦屁股。

★Flush the toilet. 沖馬桶。

Wash Hands
⟹ 洗手

寓教於樂這樣做

要防治各種病毒，洗手超級重要！不管是用餐前、如廁後，或是從外面回到家，都需要洗手。爸爸媽媽在提醒孩子記得洗手的時候，可以這麼做：

活動1：濕搓沖捧擦

中文洗手有口訣「濕搓沖捧擦」，這樣的口訣也可以用英文來表達！「Wet your hands.」（弄濕雙手。）、「Rub your hands.」（搓揉雙手。）、「Rinse off the soap.」（沖掉泡沫。）、「Hold up water with hands to rinse off the soap on the tap.」（捧水沖掉水龍頭上的泡沫。）、「Dry your hands.」（擦乾雙手。），這就是洗手的流程了。帶著孩子一邊洗手，一邊學口訣的英文説法吧！

活動2：時時提醒孩子記得洗手

在每次協助孩子上完廁所，或者要拿點心給孩子吃之前，都要先

提醒孩子「Remember to wash your hands.」（記得洗手。）、「Do you keep your hands clean?」（你的手有保持乾淨嗎？），用耳提面命來幫助孩子養成好習慣！

活動3：用標語來提醒

在廁所、餐桌、冰箱或其他孩子常常會去拿東西吃的地方可以貼上小型標語來提醒孩子洗手，標語上可以寫「Keep your hands clean.」（你的手要保持乾淨。）、「Don't forget to wash the back of hands.」（別忘了要洗手背。）、「Remember to wash under your fingernails.」（記得清洗指甲底下。）等注意事項，也可以參考相關單字來撰寫更多標語喔！

相關單字看這裡

- **soap** 肥皂
- **soapy** 像肥皂的
- **hand soap** 洗手乳
- **tap** 水龍頭
- **faucet** 水龍頭
- **water** 水
- **running water** 自來水
- **wet** 濕的；弄濕

- **rub** 搓揉
- **rinse** 沖洗
- **dry** 乾的；弄乾
- **palm** 手心
- **the back of hands** 手背
- **finger** 手指
- **fingernail** 指甲
- **clean** 乾淨

情境對話 1

提醒孩子去洗手……

🎧 Track 033

Mom:	Are your hands clean?	你的手是乾淨的嗎？
Kid:	I'm not sure.	我不確定。
Mom:	Don't grab the cookie with your dirty hands.	不要用髒手抓餅乾。
Mom:	Wash your hands first.	要先洗手。
Kid:	OK. What should I do?	好吧。我該怎麼做呢？
Mom:	Wet your hands and get some soap.	把手弄濕，拿一些肥皂。
Kid:	And then?	然後呢？

文法解析

要教小孩「先完成某件事」可以用「V原形＋first」的句型來表達，例如「Wash your hands first.」（先洗手。）、「Clean your table first.」（先整理桌子。）、「Finish your homework first.」（先做完功課。）等等。

還可以這麼說！　🎧 Track 034

★**Wet your hands.** 把手弄溼。

★**Put soap on your hands.** 手上抹肥皂。

★**Rub your hands.** 搓洗你的手。

★**Rinse your hands.** 沖洗你的手。

情境對話2

教導孩子洗手的方式……

🎧 Track 035

Kid:	**Can I just wash my hands with water?**	我可以只用水洗手就好嗎？
Mom:	**Use the soap. It makes your hands cleaner.**	用肥皂。它會讓你的手更乾淨。
Kid:	**OK. Now my hands are soapy.**	好吧。現在我的手都是肥皂了。
Mom:	**Now, rub your palms, the back of your hands...**	現在搓洗手心、手背……。
Kid:	**And the fingers.**	還有手指頭。
Mom:	**That's right. Now let's rinse our hands.**	沒錯。現在我們來把手沖乾淨吧。

文法解析

表示「使……變得……」可以用「make 人／事／物＋形容詞」句型，例如「The soap can make your hands cleaner.」（肥皂可以讓你的手變更乾淨。）、「It can make you healthier.」（它可以讓你變得更健康。）等等。

還可以這麼說！

🎧 Track 036

★**Let's wash our hands.** 我們來洗手吧。
★**Hold your hands under the tap.** 把你的手放在水龍頭下面。
★**Rub your hands under running water.** 在自來水下搓手。
★**Rub your palms.** 搓洗你的手心。
★**Rub the back of your hands.** 搓洗你的手背。
★**Don't forget to clean your fingers.** 別忘了洗你的手指頭。
★**Dry your hands with clean towels.** 用乾淨的毛巾把手擦乾。

Bath Time

⟹ 洗澡時間

寓教於樂這樣做

在浴室擺一些「bath toys」（泡澡玩具）或者偶爾和孩子一起洗個「bubble bath」（泡泡浴），都有助於增進親子感情！

💡活動1：**認識**浴室用品**的英文名稱**

參考列出的浴室用品相關英文單字，和孩子一起認識不同的浴室用品吧！「body wash」（沐浴乳）、「face wash」（洗面乳）、「shampoo」（洗髮精）等物品每天都會用到呢！

💡活動2：**邊洗澡邊學英文**

在幫孩子洗澡的時候，也可以順便教他英文喔！從「Let's take a shower!」（我們來洗澡吧！）開始帶孩子去洗澡，用「Wipe the hands, fingers and toes.」（擦手、手指和腳趾頭。）這類指令告訴孩子洗澡的步驟，最後告訴孩子「Get clean, and you will smell good.」

（洗乾淨，你聞起來就香香的喔。），並給孩子適當的讚美。

活動3：洗澡也可以很有趣

可以將一些玩具放在浴室裡，像是「rubber duck」（橡膠小鴨），跟孩子說「The rubber duck is waiting for you.」（橡膠小鴨在等你喔。）、「Let's have some fun with bath toys.」（我們來和泡澡玩具玩吧。）。如果沒有玩具的話，也可以洗個泡泡浴，並告訴孩子「Let's play with bubbles.」（我們來跟泡泡玩吧。）。藉由這些玩樂，讓洗澡變得有趣！

相關單字看這裡

- **body wash** 沐浴乳
- **shower gel** 沐浴露
- **face wash** 洗面乳
- **shower nozzle** 蓮蓬頭
- **shampoo** 洗髮精
- **conditioner** 潤髮乳
- **bathroom** 浴室
- **tub** 浴缸
- **soap** 香皂
- **bath** 泡澡
- **shower** 沐浴
- **bubble** 泡泡
- **bubble bath** 泡泡浴
- **shower ball** 沐浴球
- **bath toy** 泡澡玩具
- **rubber duck** 橡皮小鴨
- **smelly** 臭的

鼓勵孩子去洗澡……

🎧 Track 037

Mom:	It's your turn to shower!	該你洗澡囉！
Kid:	I don't want to take a bath.	我不想洗澡。
Mom:	But you are smelly!	但是你聞起來臭臭的。
Kid:	Can I have a bubble bath?	我可以洗泡泡浴嗎？
Mom:	Yes. Your bath toys are waiting.	可以。你的泡澡玩具都在等你了。
Kid:	Yeah! I'll have a bath party!	耶！我要開個洗澡派對！

文法解析

在日常生活中，要教小孩「輪到你～囉」可以用「It's your turn to + 動詞原形」，例如「It's your turn to shower.」（該你洗澡囉。）、「It's your turn to do the dishes.」（該你洗碗囉。）、「It's your turn to take out the garbage.」（該你倒垃圾囉。）等等。

還可以這麼說！

🎧 Track 038

★It's bath time! 洗澡時間到囉！

★All your bath toys are waiting. 你的泡澡玩具都在等著你哦。

★It's time for a bath. 該洗澡了。

★Time for a shower! 該洗澡囉！

★It's your turn to take a shower! 該你洗澡了。

情境對話 2

教導孩子洗澡的步驟……

🎧 Track 039

Mom:	**Let's have a bubble bath today.**	我們今天洗泡泡浴吧。
Kid:	**Yeah! It's fun!**	耶！那會很好玩。
Mom:	**Let's take the shower gel and shower ball.**	我們拿沐浴露和沐浴球。
Kid:	**And my rubber duckling!**	還有我的橡膠鴨鴨！
Mom:	**And you need to wash your hair today.**	你今天也要洗頭髮喔。
Kid:	**OK. I'm ready.**	好了，我準備好了。

文法解析

表示「你必須……」可以用「You need to + 動詞原型」的句型，例如「You need to wash your hair.」（你要洗頭髮了。）、「You need to wash yourself.」（你必須要洗個澡。）等等。

還可以這麼說！ 🎧 Track 040

★Go take a shower. 去洗澡吧。
★You need a shower today. 你今天必須洗澡。
★Let's take a bubble bath today, shall we?
　今天來洗個泡泡澡，好嗎？
★Your hair is smelly. 你的頭髮好臭。
★You must wash your hair today. 你今天一定要洗頭。
★You need to wash yourself. 你得洗個澡。
★You smell so good now. 你現在聞起來香香的。

Brush Teeth

⟹ 刷牙

寓教於樂這樣做

　　孩子不喜歡刷牙，總是需要人催促嗎？可以在教孩子刷牙的過程中，融入簡單的英文，教孩子刷牙的基本步驟。

活動1：**刷牙的**事前準備

　　參考列出的單字，教孩子如「toothpaste」（牙膏）、「toothbrush」（牙刷）等單字，也告訴孩子不刷牙可能有什麼後果。開始刷牙前問孩子「Do you have the toothbrush with you?」（你有帶牙刷嗎？）、「Can you put some toothpaste on your toothbrush?」（你可以在牙刷上擠點牙膏嗎？）等等。

活動2：**教孩子**怎麼刷牙

　　教孩子怎麼自己刷牙，說「Look how I brush my teeth.」（看看我怎麼刷牙。），並且示範給他看。可以想一個簡單的刷牙步驟口

令，如「Brush my teeth, up and down; gargle with water, one two three!」（刷刷牙，上下刷；漱漱口，一、二、三！）。

活動3：這一點也不難

刷完牙之後，可以跟孩子説「Good job! See? this is not very hard.」（做得好！看吧？這不難。）來鼓勵孩子。

相關單字看這裡

- **tartar** 牙結石
- **plaque** 齒斑
- **gums** 牙齦
- **tongue** 舌頭
- **baby tooth** 乳牙
- **permanent tooth** 恆齒
- **tooth fairy** 牙仙子
- **mouth bacteria** 口腔細菌

- **toothpaste** 牙膏
- **toothbrush** 牙刷
- **brush** 刷
- **gargle** 漱口
- **mouthwash** 漱口水
- **dental floss** 牙線
- **flosser** 牙線棒
- **floss** 用牙線潔牙

情境對話 1

教孩子刷牙……

Mom:	Do you have your tooth brush?	你拿好牙刷了嗎？
Kid:	**Yes. I have the toothpaste, too.**	有。我也拿好牙膏了。
Mom:	Good. Look how I brush my teeth.	好。看看我是怎麼刷牙的。
Mom:	**Brush your teeth up and down.**	上下刷你的牙齒。
Kid:	How do I get the toothpaste out?	我要怎麼把牙膏弄出來？
Mom:	**Gargle with water. Look how I do it.**	用水漱口。看我怎麼做。
Kid:	This is not as hard as I thought.	這不像我想的那麼難嘛。

文法解析

要表達「這不像我想的那麼～」，可以用「This is not as ~ as I thought.」用來表達實際體驗某件事的感想，例如：「This is not as easy as I thought.」（這不像我想得那麼簡單。）、「This is not as boring as I thought.」（這沒有我想的那麼無聊。）、「This is not as fun as I thought.」（這沒有我想的那麼好玩。）等等。

還可以這麼說！　🎧 Track 042

★Hold your toothbrush. 拿好你的牙刷。

★Look how I brush my teeth correctly. 看我是怎麼刷牙的。

★Spit out the toothpaste. 把牙膏吐出來。

★And then, gargle with water. 然後，用水漱口。

檢查孩子的牙齒……

🎧 Track 043

Kid:	**Dad, I just brushed my teeth. Look!**	爸爸，我剛剛刷好牙了。你看！
Dad:	**Good job! Now you have white and clean teeth.**	做得好！現在你的牙齒潔白又乾淨了啊。
Kid:	**But I feel something stuck between my teeth.**	但我覺得有東西卡在牙縫裡面耶。
Dad:	**Oh! I see it. Let's get it out.**	噢！我看到了。我們把它弄出來吧。
Kid:	**How can we do it?**	要怎麼做呢？
Dad:	**We need to use a floss.**	我們得用牙線。

文法解析

表示「剛剛完成某件事」可以說「I just ~」。句子中使用過去式動詞，例如小孩會跟爸媽說「I just brushed my teeth.」（我剛刷好牙。）、「I just made my bed.」（我剛整理好床。）、「I just made a sandwich.」（我剛做了一個三明治。）等等，爸媽可以適時給予鼓勵。

還可以這麼說！ 🎧 Track 044

★**I just finished brushing my teeth.** 我剛剛刷好牙。
★**I think something is stuck between my teeth.**
  我覺得有東西卡在牙縫裡面。
★**Use floss to remove it.** 用牙線把它弄出來。
★**Use floss to clean your teeth.** 用牙線清潔牙齒。
★**Brush your teeth before going to bed.** 睡覺前要刷牙。
★**Gargle after eating.** 吃完東西要漱口。
★**Gargle with mouthwash.** 用漱口水漱口。

Clean up the Room

整理房間

寓教於樂這樣做

　　維持房間整潔是良好的生活習慣，除了避免房間亂糟糟的以外，也能避免孩子忘記東西放在哪裡。事不宜遲，現在就來教孩子怎麼整理好自己的房間吧！

活動1：**收拾有計畫，每天整理房間**的一部分

　　如果要一口氣整理好整間房間，孩子不免會叫苦連天，因此可以安排整理房間的計畫，週一先「Tidy up your desk.」（整理書桌。），週三則「Tidy up the bookcase.」（整理書櫃。），週六可以「Tidy up the wardrobe.」（整理衣櫃。），像這樣把大工程分散到不同日子，孩子才不會太抗拒。

活動2：**每項物品都有**固定位置

　　在整理房間的時候，要教會孩子把每項東西分門別類收好，可以

一邊收拾一邊告訴孩子：「Put the pens into the pen holder.」（把筆放到筆筒裡。）、「Put the notebooks into the drawers.」（把筆記本放進抽屜裡。）、「Put the handouts into a file folder.」（把講義放進資料夾裡。）等，訓練孩子把每項物品都放到固定位置。

活動3：**貼標語來提醒**

　　如果擔心孩子會忘記什麼東西放在哪裡的話，可以參考相關的單字，寫出標語貼在相應的位置上，如「books in bookcase」（書在書櫃裡）、「clothes in closet」（衣服在衣櫃裡）、「notebooks in the drawers」（筆記本在抽屜裡）等，時時刻刻提醒孩子應該要「Put everything in its place.」（把每樣東西物歸原處。）。

相關單字看這裡

- **pen holder** 筆筒
- **drawer** 抽屜
- **chest of drawers** 五斗櫃
- **desk** 書桌
- **bookcase** 書櫃
- **bookshelf** 書架
- **file folder** 資料夾
- **peg** 掛鉤
- **box** 箱子
- **closet** 衣櫃
- **wardrobe** 衣櫃
- **hanger** 衣架
- **storage box** 收納盒
- **chair** 椅子
- **messy** 凌亂
- **mess up** 弄亂

催促孩子整理房間……

Dad:	I need you to clean your room.	我需要你整理你的房間。
Kid:	It does not look very messy to me.	我不覺得很亂啊。
Dad:	But you are always looking for things.	但是你總是在找東西。
Kid:	OK. I'll do it later.	好。我晚點會去做的。
Dad:	Don't drag your feet. Tidy up your desk now.	不要拖拖拉拉的。現在就整理你的書桌。
Kid:	OK, Dad.	好的,爸爸。

文法解析

數落小孩,常會說「你總是～」,可以說「You are always looking for things.」(你總是在找東西。)、「You are always finding excuses.」(你總是在找藉口。),要叫小孩「不要拖拖拉拉的」,可以用「Don't drag your feet.」、「Don't dilly-dally.」、「Don't put things off.」等等。

還可以這麼說! Track 046

★Clean your room. 收拾你的房間。

★You shouldn't drag your feet. 你不該拖拖拉拉的。

★Tidy up your drawers. 整理你的抽屜。

★Hang your bookbag on the peg. 把書包掛在掛鉤上。

情境對話2

孩子找東西的時候……　　　　　　　🎧 Track 047

Kid:	Mom, I can't find my baseball cap.	媽媽，我找不到我的棒球帽。
Mom:	It must be in your room.	它一定在你房間內某個地方。
Kid:	Can you help me look for it?	你可以幫我找嗎？
Mom:	Is it in your wardrobe?	有在衣櫃裡嗎？
Kid:	Right! I put all my caps in the wardrobe drawer.	對耶！我把所有的帽子放進衣櫥抽屜裡了。
Mom:	See? That's the benefits of tidying things up.	對吧？這就是整理東西的好處啊。

文法解析　表示推測「一定是～」，可以用「must」這個助動詞來表達。例如「It must be in your wardrobe.」（一定是在你的衣櫥裡。）、「It must be in your desk drawer.」（一定是在你的書桌抽屜裡。）等等。

還可以這麼說！　🎧 Track 048

★Your room is too messy. 你房間太亂了。
★Don't mess up the room. 別把房間弄亂了。
★Don't make a mess of your room. 別把房間弄得一團亂。
★Put everything back to where it belongs.
　把每樣東西物歸原處。
★Put it away after use. 用完就收起來。
★Hang up the clothes. 把衣服掛起來。
★Keep your room clean. 保持房間乾淨。
★That's why you should tidy things up.
　這就是為什麼要整理東西。

Tidy up Toys

⟹ 收拾玩具

寓教於樂這樣做

孩子每次玩完玩具之後,會不會讓玩具散落一地,卻沒有收拾呢?爸爸媽媽別急著幫孩子收拾玩具,自己的玩具自己收,是培養孩子責任感的開始!

💡活動1:**玩具箱也要**分門別類

如果想在平時就養成孩子物歸原處的好習慣,可以準備幾個小箱子當作玩具箱,上面標示好「dolls」(娃娃)、「toy cars」(玩具車)、「building bricks」(積木)等玩具的類別。

💡活動2:收玩具**時可以**給指令

平時可以規定孩子玩玩具的時間,在時間到之後給孩子明確的指令,如「It's time to put away the toys.」(該收玩具的時間到了。)、「Let's put away the dolls.」(讓我們把娃娃收起來吧。)久而久之,

孩子就會養成自己收玩具的好習慣了。

💡活動3：**想要**收玩具**了嗎？**

　　陪著孩子玩玩具的時候，如果發現他的動作停下，似乎已經失去興趣，就可以問問他「Aren't you playing the toys anymore?」（你不玩玩具了嗎？）。如果孩子説「No. I don't want to play them anymore.」（不，我不想玩了。），但還是沒有主動收拾的話，那就可以告訴孩子「It's tidy-up time. Where do they go?」（那整理時間到了喔，這些玩具該去哪裡呢？）來作為提醒。

相關單字看這裡

- **toy car** 玩具車
- **doll** 娃娃
- **building bricks** 積木
- **puzzles** 拼圖
- **storybook** 故事書
- **wooden toy** 木頭玩具
- **robot** 機器人
- **rocking horse** 搖搖馬
- **puppet** 木偶
- **Rubik's Cube** 魔術方塊
- **remote control cars** 遙控車
- **checkers** 跳棋
- **yo-yo** 溜溜球
- **diabolo** 扯鈴
- **tangram** 七巧板
- **crayon** 蠟筆
- **train set** 玩具火車組

孩子玩完玩具之後……

🎧 Track 049

Kid:	I don't want to play the building blocks anymore.	我不想玩積木了。
Mom:	OK. Let's tidy up.	好，我們來收拾吧。
Kid:	I don't know how to tidy up.	我不知道要怎麼收拾。
Mom:	Let's put the toy bricks into the box.	我們把積木放回盒子裡吧。
Kid:	Like this?	像這樣嗎？
Mom:	Yes. You are doing a great job.	對，你做得很棒。

文法解析

小孩如果玩玩具、看電視到一個階段，可以用「I don't want to ~ anymore.」來表達，例如：「I don't want to play the toy bricks anymore.」（我不想玩玩具積木了。）、「I don't want to watch TV anymore.」（我不想看電視了。）等等。

還可以這麼說！

🎧 Track 050

★Let's tidy up your toys!　我們來收拾玩具吧。
★Let's clean up together!　我們一起整理吧。
★Put it into the box.　把它放進盒子裡。
★It's easy.　這很簡單。

告訴孩子該收玩具了……

🎧 Track 051

Kid:	I want to play toy cars.	我想玩玩具車。
Dad:	Tidy up the bricks first.	先把積木整理好。
Kid:	I don't want to.	我不想整理。
Dad:	Tidy up the bricks before you play the toy cars.	玩玩具車之前要先整理好積木。
Kid:	I might want to play with the bricks again later.	我等一下可能又會想玩積木啊。
Dad:	You can take them out again when you want to play.	你想玩時再拿出來就好。

文法解析

交代小孩「要先～（事情A）才能～（事情B）」，可以用「~before~」的句型來表達。例如「Tidy up the bricks before you play the toy cars.（玩玩具車之前要先整理好積木）」、「Finish the homework before you watch TV.（看電視之前要先做完功課）」等等。

還可以這麼說！ 🎧 Track 052

★Tidy up first. 先整理。
★No other toys before you tidy this up.
　整理好這個之前，不能玩其他玩具。
★You can do it. 你可以做得到的。
★It's tidy up time. 收拾時間到囉！
★Put it into the box. 把它放回盒子裡。
★Put it onto the shelf. 把它放回架子上。
★Put it in the corner. 把它放在角落。
★Put it in the bag. 把它放在袋子裡。

House**work**

⟹ 動手做家事

寓教於樂這樣做

　　培養孩子的自主生活能力從小開始！讓孩子幫忙一起做家事不只可以讓爸爸媽媽輕鬆一點，也可以訓練孩子獨立自主喔！

💡 活動1：**每天試著做**不同的家事

　　平常就可以讓孩子來做家事，和爸爸媽媽一起輪流。可以先把不同的家事通通列出來，寫在紙上，並把星期一到五輪班的人員名字寫在旁邊。每天可以做的家事可以參考列出的單字，如「wash the dishes」（洗碗）、「sweep the floor」（掃地）、「do the laundry」（洗衣服）、「take out the trash」（倒垃圾）等。

💡 活動2：**家事一步一步來**

　　把輪到孩子做的家事拆成不同步驟，每個步驟都有對應的英文說法，可以趁機讓孩子學英文喔！如洗碗可以拆成三個步驟，第一

步是「Use some dishes soap.」（用一些洗碗精。）、「Scrub the dishes.」（刷碗盤。）、「Rinse the plates.」（沖洗盤子。），其他家事也能這麼做。

活動3：集點**鼓勵**做家事

孩子可能會對做家事感到排斥，這時候就可以用「集點」來鼓勵孩子，每完成一項家事就能集一點，而集到十點就能換到獎勵，讓孩子樂於做家事。而孩子完成家事之後，也可以用「You are such a good helper!」（你真是一個好幫手！）來誇獎孩子。

相關單字看這裡

- **dish** 碗盤
- **floor** 地板
- **sweep** 掃
- **laundry** 待洗的衣物
- **trash** 垃圾
- **garbage** 垃圾
- **trash bag** 垃圾袋
- **table** 桌子
- **mop** 拖地；拖把

- **wiper** 抹布
- **window** 窗戶
- **broom** 掃把
- **dustpan** 畚箕
- **vacuum cleaner** 吸塵器
- **vacuum** 用吸塵器清掃
- **dish washer** 洗碗精
- **sponge** 海綿
- **helper** 幫手

孩子主動來幫忙……　　　　　　　　　　　🎧 Track 053

Kid:	**What are you doing, Mom?**	媽媽，你在做什麼？
Mom:	**I'm doing the dishes.**	我在洗碗啊。
Kid:	**I'd like to help.**	我想幫忙。
Mom:	**Good! Can you rinse these plates?**	好啊。你可以沖洗這些盤子嗎？
Kid:	**Yes. I can scrub off the stains, too.**	嗯。我也會把髒的地方刷掉。
Mom:	**You are such a great helper!**	你真是個好幫手！

在日常生活中，要表達「做家事」可以用 do 開頭的片語表達，例如：「do the dishes」（洗碗）、「do the laundry」（洗衣服）、「do the housework」（做家事）等等。

還可以這麼說！　　🎧 Track 054

★I can help. 我可以幫忙。

★Would you like to help? 你想幫忙嗎？

★Can you do it? 你可以做這件事嗎？

★You are such a wonderful helper. 你真是個好幫手！

情境對話2

讓孩子主動幫忙做簡單的家事⋯⋯　　　　　🎧 Track 055

Mom:	Jack, can you come here?	傑克,你可以過來一下嗎?
Kid:	Yes, Mom?	媽媽,什麼事?
Mom:	I need you to take out the garbage.	我要你把這垃圾拿出去。
Kid:	Right now?	現在嗎?
Mom:	Yes, the garbage truck is coming in five minutes.	是啊,垃圾車五分鐘後就會來了。
Kid:	No problem.	沒問題。

文法解析

交代小孩做家事,可以用「I need you to ~」,後面接動詞原形。例如「I need you to take out the garbage.」(我需要你把垃圾拿出去倒。)、「I need you to pick up the laundry.」(我需要你去拿洗好的衣服。)等等。

還可以這麼說!　🎧 Track 056

★Do the dishes. 洗碗。
★Rinse the plates. 沖洗盤子。
★Wipe the table. 擦桌子。
★Take out the garbage. 把垃圾拿去倒。
★Clean up the room. 清理房間。
★Sweep the floor. 掃地。
★Vacuum the floor. 用吸塵器清理地板。
★Mop the floor. 拖地。

Part 3

Common Knowledge
生活常識

Numbers

⟹ 認識數字

寓教於樂這樣做

無論學什麼語言，數字都是基礎中的基礎，可以透過以下幾種有趣的方式，帶著孩子一起學習英文數字！

活動1：英文兒歌學數字

爸爸媽媽可以用簡單的英文兒歌來教孩子學英文數字，像是「Ten Little Monkey」（十隻小猴子）、「One Two Buckle My Shoes」（一、二，綁鞋帶）等兒歌，讓孩子一邊唱一邊建立數字的概念，也就學會怎麼用英文來從一數到十囉。

活動2：你有幾根手指頭？

除了兒歌外，也可以讓孩子從自身來學英文數字，如問孩子「How many fingers do you have?」（你有幾根手指頭？）就可以讓孩子練習從一數到十，除了手指頭外，也可以問問「toes」（腳趾

頭）、「hands」（手）或「eyes」（眼睛）喔！

💡活動3：猴子**有幾隻**？

　　為了讓孩子可以將數量的概念、阿拉伯數字，以及數字的英文唸法連結起來，可以用畫著不同數目（例如：六隻）猴子的圖來問孩子「How many monkeys?」（有幾隻猴子？），讓孩子大聲回答「Six monkeys!」（六隻猴子！）。

相關單字看這裡

- **zero** 零
- **one** 一
- **two** 二
- **three** 三
- **four** 四
- **five** 五
- **six** 六
- **seven** 七
- **eight** 八
- **nine** 九

- **ten** 十
- **eleven** 十一
- **twelve** 十二
- **thirteen** 十三
- **twenty** 二十
- **thirty** 三十
- **hundred** 百
- **thousand** 千
- **count** 數數字
- **number** 數字

情境對話 1

帶領孩子一起數數字……

🎧 Track 057

Mom:	Look at this picture.	看這個圖片。
Kid:	Monkey!	猴子！
Mom:	How many monkeys are there?	圖片中有幾隻猴子呢？
Kid:	I don't know.	我不知道。
Mom:	Three. Count with me. One, two, three.	有三隻。跟我一起數。一、二、三。
Kid:	There are three monkeys!	有三隻猴子。
Mom:	Good!	很好！

文法解析

教小朋友數數字的時候，如果要說「有多少個～」，可以用「How many + 名詞 + are there?」、「There are ~ + 名詞」來表達，例如「How many monkeys are there?」（有多少隻猴子？）、「There are three monkeys.」（有三隻猴子。）等等。

還可以這麼說！　🎧 Track 058

★Let's learn to count. 我們來學數數字。

★Let's learn numbers! 我們來學數字！

★How many? 有幾個？

★Count with me slowly. 跟我一起慢慢數。

詢問孩子數字問題…… 🎧 Track 059

Dad:	How many eyes do you have?	你有幾隻眼睛？
Kid:	**Two.**	兩隻。
Dad:	Very good! How many noses do you have?	很好。你有幾個鼻子？
Kid:	**One.**	一個。
Dad:	Excellent. How many toes do you have?	很好。你有幾隻腳趾頭？
Kid:	**Wait. Let me count. Ten!**	等等。讓我算一下。十隻！
Dad:	**All correct!**	全部答對了！

複習一到十怎麼數，可以問小朋友「How many ~ do you have?」（你有多少個～？）。例如「How many fingers do you have?」（你有幾隻手指頭？）、「How many toes do you have?」（你有幾隻腳趾頭？）等等。

還可以這麼說！ 🎧 Track 060

★How many hands do you have? 你有幾隻手？
★How many apples are there? 那裡有幾個蘋果？
★How many cupcakes did you eat? 你吃了幾個杯子蛋糕？
★Can you count from one to ten? 你可以從一數到十嗎？
★I'll count to five. 我來數到五。
★Count your fingers. 數數你的手指頭。
★You can count! 你會數數耶！

Shapes

➡ 認識形狀

寓教於樂這樣做

日常生活中可以透過觀察周遭事物來教孩子認識各種形狀，也可以用英文來學不同形狀的說法喔，讓我們一起來看看可以進行哪些活動吧！

活動1：認識不同形狀

用不同顏色的色紙來剪出各種形狀，並參考列出的單字，將形狀的英文標在色紙的背面，可以準備這些形狀的色紙：「**triangle**」（三角形）、「**rectangle**」（長方形）、「**square**」（正方形）、「**circle**」（圓形）、「**oval**」（橢圓形）、「**diamond**」（菱形）、「**pentagon**」（五角形）、「**star**」（星形）、「**heart**」（心形）等等。

💡活動2：**這是什麼形狀？**

　　除了色紙外，也可以讓孩子從家電等物品來學形狀的英文單字，如問孩子「Is the clock a circle?」（時鐘是圓的嗎？）、「Is the TV a rectangle?」（電視是長方形的嗎？），讓孩子可以從生活中就學會各種形狀的英文單字！

💡活動3：**日常生活找形狀**

　　平常可以觀察生活周遭的事物，問孩子「Can you find something that is a square?」（你可以找到正方形的東西嗎？），來一場形狀指認大賽，然後在限時內和孩子比賽誰找到更多正方形的東西。

相關單字看這裡

- **square** 正方形
- **rectangle** 長方形
- **triangle** 三角形
- **circle** 圓形
- **oval** 橢圓形
- **diamond** 菱形
- **pentagon** 五角形
- **hexagon** 六角形
- **heptagon** 七邊形
- **octagon** 八角形
- **star** 星形
- **heart** 心形
- **trapezoid** 梯形
- **parallelogram** 平行四邊形
- **cross** 十字形
- **arrow** 箭頭
- **shape** 形狀

情境對話 1

問問孩子這是什麼形狀……

🎧 Track 061

Mom:	Do you know what it is?	你知道這是什麼嗎？
Kid:	Of course I do. It is an egg.	當然知道啊。這是一顆蛋。
Mom:	Do you know what shape it is?	你知道這是什麼形狀嗎？
Kid:	A circle?	圓形嗎？
Mom:	Nope. It's an oval.	不是。這是橢圓形。
Kid:	Oh, it's an oval.	噢，這是橢圓形啊。

文法解析

如果要表達「你知道這是什麼形狀嗎」、「你知道這是什麼顏色嗎」等等的間接問句，可以用「Do you know what + 名詞 + it is?」來表達，這裡的名詞可以用shape、color、time代替，例如「Do you know what shape it is?」（你知道這是什麼形狀嗎？）、「Do you know what color it is?」（你知道這是什麼顏色嗎？）、「Do you know what time it is?」（你知道現在幾點嗎？）等等。

還可以這麼說！
🎧 Track 062

★What shape is it? 這是什麼形狀？

★Is it a circle? 這是圓形嗎？

★It's not a circle. 這不是圓形。

★It's actually an oval. 這其實是一個橢圓形。

情境對話 2

利用周遭環境中的物品來學習形狀的說法……　🎧 Track 063

Dad:	Point to something that is a rectangle.	指出一個長方形的東西。
Kid:	The TV?	電視？
Dad:	Very good. The TV is a rectangle.	很好。電視是長方形的。
Kid:	The book?	書本？
Dad:	Exactly. The book is also a rectangle.	沒錯。書本也是長方形的。
Kid:	And your desk.	還有你的書桌。
Dad:	Excellent! Now you know what a rectangle is.	太棒了！現在你知道長方形是什麼了。

 文法解析　教完小朋友一個單字或一個概念，要肯定、讚美小朋友已經學會了，可以說「Now you know what a ~ is.」（現在你知道～是什麼了。）例如：「Now you know what a rectangle is.」（現在你知道長方形是什麼了。）、「Now you know what an octagon is.」（現在你知道八邊形是什麼了。）等等。

還可以這麼說！　🎧 Track 064

★**What is a rectangle?** 什麼東西是長方形的？
★**Point to something that is a circle.** 指出一個圓形的東西。
★**Is the clock a circle?** 時鐘是圓的嗎？
★**A triangle has three sides.** 一個三角形有三個邊。
★**A square has four equal sides.** 一個正方形有四個等長的邊。
★**Make a heart with your hands.** 用你的手做出一個心型。
★**Draw a star.** 畫一個星形。
★**Color all the stars pink.** 把所有的星形都塗成粉紅色的。

Colors

➡ 認識顏色

寓教於樂這樣做

　　日常生活中可以透過觀察周遭事物來教孩子認識各種顏色，也可以用英文來學不同顏色的說法喔，讓我們一起來看看可以進行哪些活動吧！

💡 **活動1：認識不同顏色**

　　參考列出的單字，將不同顏色的單字寫在對應顏色的色紙背面，可以準備這些顏色的色紙：「black」（黑色）、「white」（白色）、「blue」（藍色）、「red」（紅色）、「yellow」（黃色）、「green」（綠色）、「orange」（橘色）、「pink」（粉紅色）、「purple」（紫色）、「gray」（灰色）等。

💡 **活動2：這是什麼顏色？**

　　除了色紙外，也可以讓孩子從生活用品來學顏色的英文單字，如

問孩子「What is this color?」（這是什麼顏色？）、「Can you find something blue?」（你可以找到藍色的東西嗎？），孩子就能回答「I found a pen, and it's blue.」（我找到一枝筆，它是藍色的。）。藉由這個小活動，就能讓孩子可以從生活中就學會各種顏色的英文單字！

活動3：聽歌學顏色

教孩子認識顏色的時候，可以利用英文的「Rainbow Song」（彩虹歌）作為輔助，在網路上有很多可愛又輕快的版本，讓孩子隨著音樂，學會不同顏色的英文說法吧！

相關單字看這裡

- **black** 黑色
- **white** 白色
- **blue** 藍色
- **red** 紅色
- **yellow** 黃色
- **green** 綠色
- **orange** 橘色
- **pink** 粉紅色
- **purple** 紫色

- **violet** 紫色
- **indigo** 靛藍色
- **gray** 灰色
- **silver** 銀色
- **brown** 咖啡色
- **gold** 金色
- **ivory** 象牙色
- **camel** 駝色
- **color** 顏色

情境對話1

問問孩子這是什麼顏色⋯⋯　　　　　　　　🎧 Track 065

Mom:	What color is this?	這是什麼顏色呢？
Kid:	It's red.	這是紅色。
Mom:	Can you find something red?	你可以找到紅色的東西嗎？
Kid:	I found an apple, and it's red.	我找到蘋果，它是紅色的。
Mom:	Good job. Do you like red?	做得好。你喜歡紅色嗎？
Kid:	Red is my favorite color.	紅色是我最喜歡的顏色。

文法解析

如果要表達「黃色的東西」、「藍色的東西」等，可以用「something + 顏色」來表達，形容詞都固定放在代名詞 something 的後面，例如「Can you find something red?」（你可以找到紅色的東西嗎？）、「I want to have something sweet.」（我想吃甜的東西。）等等。

還可以這麼說！　🎧 Track 066

★What color is it? 這是什麼顏色？

★It's yellow. 這是黃色。

★Can you spot anything red? 你可以看到任何紅色的東西嗎？

★What is red in this room? 在這房間裡，什麼是紅的？

情境對話 2

利用周遭環境中的物品來學習顏色的說法……　🎧 Track 067

Dad:	Can you spot anything red in our house?	你在我們家裡可以看到任何紅色的東西嗎？
Kid:	**The apple.**	蘋果。
Dad:	Good. Anything else?	很好。還有其他的嗎？
Kid:	**My toy train.**	我的玩具火車。
Dad:	Very good. What else?	非常好。還有呢？
Kid:	**Your lips.**	你的嘴巴。
Dad:	That's right.	答對了。

文法解析

要表示「其他的」，可以用「else」加在代名詞的後面，例如「What else?」（還有呢？）、「Anything else?」（還有其他的嗎？）、「Nothing else.」（沒有其他事情了。）等等。

還可以這麼說！　🎧 Track 068

★**What else is red?** 還有什麼是紅的？
★**Is my hair red?** 我的頭髮是紅色的嗎？
★**What's your favorite color?** 你最喜歡什麼顏色？
★**Do you like the color blue?** 你喜歡藍色嗎？
★**Are there any colors that you don't like?**
　有沒有你不喜歡的顏色呢？
★**Guess what my favorite color is.** 猜猜我最喜歡什麼顏色。
★**Is it blue?** 這是藍色的嗎？
★**Color it blue.** 把它塗成藍色的。

Days **of the** Week

➡ 認識星期

寓教於樂這樣做

　　孩子開始上學以後，就可以教他認識星期的英文說法囉！認識星期之後，就可以慢慢訓練孩子知道每天要做什麼，像是如果星期三有體育課，就要準備體育服；星期六有放假，就可以出去玩等，讓孩子學會安排自己的事情，爸爸媽媽也可以更輕鬆！

活動1：**認識**星期中的每一天

　　參考列出的單字，帶著孩子一起學星期的英文說法。可以用月曆在每天上面標不同的顏色，如「blue for Monday」（星期一用藍色）、「red for Saturday」（星期六用紅色）等，不只能幫孩子辨認今天是星期幾，也能教會孩子星期裡每一天的英文說法。

活動2：課表**按照星期來**

　　等孩子建立起星期幾的概念之後，就可以訓練孩子記得不同日子的固定活動。可以先問孩子「What day is it today?」（今天星期

幾？），讓孩子回答「It's Monday today.」（今天是星期一。），接著問「What do we do today?」（我們今天做什麼？），然後將當天的活動寫在月曆上，如星期一有體育課，就在月曆上星期一的空格上寫「P.E. Class」（體育課），藉此訓練孩子記得今天星期幾的説法，也記住當天的活動。

活動3：每天獎勵不一樣

除了課表外，一些娛樂活動也可以用同樣的方法，一樣先問孩子「What day is it today?」（今天星期幾？），等孩子回答「It's Monday today.」（今天是星期一。），再問「What do we do today?」（我們今天做什麼？），就可以讓孩子回答「Monday is pudding day.」（星期一是布丁日。），也可以把星期二訂成 doughnut day（甜甜圈日）。

相關單字看這裡

- **Sunday** 星期日
- **Monday** 星期一
- **Tuesday** 星期二
- **Wednesday** 星期三
- **Thursday** 星期四
- **Friday** 星期五
- **Saturday** 星期六
- **weekday** 週間上班日
- **weekend** 週末

- **week** 星期
- **calendar** 日曆
- **schedule** 行程表
- **today** 今天
- **tomorrow** 明天
- **yesterday** 昨天
- **date** 日期
- **day** 天

告訴孩子星期幾可以出去玩……

🎧 Track 069

Kid:	Mom, can we go to the zoo?	媽媽，我們可以去動物園嗎？
Mom:	**Not today, honey.**	今天不行，親愛的。
Kid:	When can we go?	我們什麼時候可以去？
Mom:	**This Saturday.**	這個星期六。
Kid:	What day is it today?	今天是星期幾？
Mom:	**It's Thursday today. There are two more days to go.**	今天是星期四。還有兩天喔。

文法解析

如果要問「今天星期幾」，可以用「What day is it today?」回答則可以說「Today is Monday./ It's Monday.」（今天是星期一。）如果問「What date is it today?」就是在問「今天幾月幾號？」，也可以說「What's the date today?」回答就會說「It's July fourth today.」（今天是七月四號。）

還可以這麼說！　🎧 Track 070

★**What day is today?** 今天星期幾？

★**What day is tomorrow?** 明天星期幾？

★**Is today Saturday?** 今天是星期六嗎？

★**It's Monday.** 今天星期一。

情境對話**2**

複習星期的先後順序……

🎧 Track 071

Kid:	**Dad, is it Saturday yet?**	爸爸，星期六到了嗎？
Dad:	**No, not yet.**	不，還沒。
Kid:	**What day is it today?**	今天星期幾？
Dad:	**It's Thursday.**	今天是星期四。
Kid:	**What day is it tomorrow?**	明天是星期幾？
Dad:	**It's Friday tomorrow.**	明天是星期五。
Kid:	**Saturday comes after Friday, right?**	星期五之後就是星期六，對嗎？
Dad:	**Exactly.**	沒錯。

 文法解析

教小朋友星期順序的時候，可以用「~ comes after ~」的句型。例如「Tuesday comes after Monday.」（星期二在星期一之後。）、「Wednesday comes after Tuesday.」（星期三在星期二之後。）等等。

還可以這麼說！

🎧 Track 072

★**Is it Saturday yet?** 星期六到了嗎？
★**It's not yet Saturday.** 星期六還沒到。
★**Sunday comes before Monday.** 星期天在星期一之前。
★**Friday comes after Thursday.** 星期五在星期四之後。
★**Daddy doesn't go to work on Sundays.** 爸爸星期天不上班。
★**We will go to the zoo on Saturday.** 我們星期六會去動物園。
★**It's Monday today.** 今天是星期一。
★**It's not Tuesday today.** 今天不是星期二。

Unit 5

My Body
→ 認識自己的身體

寓教於樂這樣做

孩子跌倒了、受傷了，或者身體不舒服，常常講不清楚哪裡痛，讓孩子學會認識自己的身體，就比較會表達，爸爸媽媽也比較好處理問題喔！

活動1：唱兒歌學身體部位

爸爸媽媽可以教孩子唱簡單的兒歌「Head, Shoulder, Knees and Toes」（頭，肩膀，膝蓋和腳趾）來教孩子認識自己的身體。可以從網路上面找不同的版本來讓孩子跟著一起唱，搭配影片效果更佳喔！

活動2：一起來動一動

可以參考列出的單字，和孩子一起動一動，從過程中來學單字。可以告訴孩子「Let's shake hands.」（我們來握手。）、「Let's shake our heads.」（我們來搖頭。）、「Let's kick our legs.」（我

們來踢腿。）、「Let's stretch our arms.」（我們來伸展手臂。）
等，一邊活動身體，一邊帶領孩子認識身體部位的英文單字。

活動3：可以碰一下你的膝蓋嗎？

　　平常在跟孩子互動，或者幫孩子洗澡時，也可以練習單字，如
問孩子「Can you touch your knees?」（你可以碰一下你的膝蓋
嗎？）、「Can you touch your toes?」（你可以碰一下你的腳趾
嗎？），藉此測驗孩子還記得多少，記得的話就適時給予讚美，不記
得的話也可以再複習。

相關單字看這裡

- **head** 頭
- **hair** 頭髮
- **eye** 眼睛
- **nose** 鼻子
- **mouth** 嘴巴
- **ear** 耳朵
- **neck** 脖子
- **shoulder** 肩膀
- **tummy** 肚子
- **arm** 手臂
- **elbow** 手肘

- **wrist** 手腕
- **waist** 腰
- **knee** 膝蓋
- **thigh** 大腿
- **leg** 腿
- **toe** 腳趾
- **butt** 屁股
- **shake** 搖
- **kick** 踢
- **stretch** 伸展

一起碰碰自己的身體……

🎧 Track 073

Mom:	I am touching my head.	我正在碰我的頭。
Kid:	And I am touching my head, too.	我也在碰我的頭。
Mom:	I am touching my shoulders.	我在碰我的肩膀。
Kid:	And I am touching my shoulders, too.	我也在碰我的肩膀。
Mom:	I am touching my knees.	我在碰我的膝蓋。
Kid:	And I am touching my knees, too.	我也在碰我的膝蓋。
Mom:	Now let's touch our toes together.	現在我們一起摸我們的腳趾頭。

文法解析

如果要表達「我正在～」示範動作給小朋友看，可以用現在進行式「I am + 動詞ing.」來表達，例如「I am touching my head.」（我正在碰我的頭。）、「I am touching my shoulders.」（我在碰我的肩膀。）、「I am touching my knees.」（我在碰我的膝蓋。）等等。

還可以這麼說！ 🎧 Track 074

★I am touching my head now like you do.
我現在像你一樣在摸我的頭。

★Touch your head like me. 像我一樣，摸你的頭。

★Can you touch your head? 你可以摸你的頭嗎？

★Where is your head? 你的頭在哪裡？

情境對話 2

一起認識自己的身體……

🎧 Track 075

Dad:	Let's shake hands.	我們來握手吧。
Kid:	How?	要怎麼握？
Dad:	Give me your right hand.	伸出你的右手。
Kid:	Which one is my right hand?	哪一隻是我的右手？
Dad:	This one.	這一隻手。
Kid:	This is my right hand.	這是我的右手。
Dad:	Good. And this is my right hand. We are shaking hands now.	很好。這是我的右手。我們現在正在握手了。

文法解析

教小朋友做一個動作，要肯定說小朋友已經學會了，可以說「Now you are ~.」（現在你在～了。）或「We are ~.」（我們在～了。）例如「Now you are shaking your hand.」（現在你在揮手了。）、「Now we are standing on our toes.」（現在我們是踮著腳尖站了。）等等。

還可以這麼說！ 🎧 Track 076

★Let's shake hands. 我們來握手。
★Let's shake our heads. 我們來搖頭。
★Let's shake our butts. 我們來扭屁股。
★Let's kick our legs. 我們來踢腿。
★Let's stretch our arms. 我們來伸展手臂。
★Let's stand on our toes. 我們用腳趾頭站。
★Let's cross our arms. 我們把手交叉放。
★Let's blink our eyes. 我們來眨眼睛。

Relatives

認識親戚

寓教於樂這樣做

孩子在大家族的聚會場合上，可能會叫不出親戚的稱謂，而英文的稱謂比中文要來得簡單一些，可以從英文的親戚稱謂開始學起，讓孩子慢慢認識人，和親戚們熟絡起來。

活動1：**認識**不同親戚

在家庭聚會的場合，可以參考列出的單字，向孩子介紹在場的大人，然後告訴孩子每個人的稱謂如「uncle」（叔叔、伯伯、舅舅、姨丈、姑丈）、「aunt」（阿姨、姑姑、舅媽、嬸嬸）、「cousin」（表或堂兄弟姊妹），讓孩子向每位親戚打招呼。

活動2：**主動**打招呼

在家庭聚會的場合，要鼓勵孩子向親戚們打招呼，可以告訴孩子「Would you like to say hi?」（你要不要說聲嗨呢？）、「How would you like to say hello to Grandma?」（你要不要跟奶奶說哈囉？）。如果孩子不太敢說話的話，就可以告訴他「Don't be shy.」（別害羞。）、「Do it when you are ready.」（當你準備好再說吧。），讓孩子在打招呼這件事上慢慢來。

活動3：送東西給親戚

等孩子比較不怕生之後，就可以請他幫忙拿飲料或零食去給某位大人，訓練孩子認人。例如可以跟孩子說「Can you take this to Uncle Jack?」（你可以拿這個給傑克叔叔嗎？），如果孩子問「Who is Uncle Jack?」（誰是傑克叔叔？），就可以再指一次給他看。讓孩子去告訴對方「Uncle Jack, this is for you.」（傑克叔叔，這是給你的。），藉此慢慢讓孩子在聚會期間認識、熟悉親戚們。

相關單字看這裡

- **grandpa**
  爺爺（祖父、外公）
- **grandma**
  奶奶（祖母、外婆）
- **father** 父親
- **mother** 母親
- **uncle** 叔叔、伯伯、
  舅舅、姨丈、姑丈
- **brother** 兄弟
- **sister** 姊妹

- **cousin** 表或堂兄弟姊妹
- **son** 兒子
- **daughter** 女兒
- **grandson** 孫子
- **granddaughter** 孫女
- **nephew** 外甥、姪子
- **niece** 姪女、外甥女
- **brother-in-law** 姐夫、妹夫
- **sister-in-law** 大嫂、弟媳
- **step-brother** 繼兄弟
- **step- sister** 繼姊妹

認識親戚……

🎧 Track 077

Man:	Hi, Little Jerry. Nice to meet you.	嗨，小傑瑞。很高興認識你。
Kid:	**Hi. Who are you?**	嗨。你是誰？
Dad:	Say hi to Uncle Jack. He is Daddy's cousin.	跟傑克叔叔打招呼吧。他是爸爸的堂弟。
Kid:	**Hi, Uncle Jack. I never saw you before.**	嗨，傑克叔叔。我以前從來沒看過你。
Man:	That's because I live in the U.S.A.	因為我住在美國啊。
Kid:	**Why?**	為什麼？
Man:	I work there, and I come back to visit your daddy.	我在那裡工作，我回來拜訪你的爸爸。

文法解析

表示「從來沒做過某件事」，可以用「人＋ never ＋動詞過去式＋ before.」的句型，例如「I never saw you before.」（我從來沒有看過你。）、「He never met his cousin before.」（他從來沒有見過他的表哥。）等等。

還可以這麼說！

🎧 Track 078

★Say hello to Grandma. 跟奶奶打招呼。

★He's Daddy's cousin. 他是爸爸的堂弟。

★She's your cousin. 他是你的表妹。

★Hi, Uncle Jack. 嗨，傑克叔叔好。

鼓勵孩子跟人互動……

🎧 Track 079

Dad:	You don't like to say hi to people?	你不喜歡跟人打招呼嗎？
Kid:	Why do I have to say hi to everyone?	我為什麼要跟每個人打招呼呢？
Dad:	Not everyone. You don't say hi to strangers.	不是每個人啊。你不會跟陌生人打招呼。
Kid:	I don't like to say hi.	我不喜歡打招呼。
Dad:	It's okay. I won't force you.	沒關係。我不會強迫你。
Kid:	Really?	真的嗎？
Dad:	But can you take this to Uncle Jacky for me?	但是你可以幫我把這個拿給傑克叔叔嗎？
Kid:	I think I can do that.	我想我可以做到。

文法解析

要表達「沒關係」，可以用「It's okay.」、「It's fine.」、「It doesn't matter.」等等。要對小孩說，「你可以不用~」，可以用「You don't have to ~」，例如「You don't have to say hi to everyone.」（你不用和每個人打招呼。）

還可以這麼說！

🎧 Track 080

★I don't like to say hi to other people.
我不喜歡向其它人打招呼。

★Don't worry. 沒關係。

★But it would be nice if you greet someone you know.
如果你能跟認識的人打招呼，會是件很好的事。

★How would you like to say hello to Grandma?
你要不要跟奶奶說哈囉？

★Would you like to say hi? 你要不要說聲嗨呢？

Part 4

Be Careful
生活安全

Kitchen

➡ 小心廚房

寓教於樂這樣做

孩子對「kitchen」（廚房）可能會充滿好奇心，但廚房裡充滿了危險的器具，平時一定要告誡孩子要在廚房裡注意安全。

活動1：廚房裡**有**什麼

如果孩子對廚房充滿「curiosity」（好奇心）的話，可以參考列出的單字，告訴孩子廚房裡有哪些「kitchenware」（廚房用具）。一般家庭會有「pan」（平底鍋）、「pot」（鍋子）、「electric cooker」（電鍋）、「electric boiler」（電熱水壺），也會有比較危險的「kitchen knife」（菜刀）、「stove」（火爐）等。

活動2：廚房裡**的**危險

認識完廚房裡的各種器具之後，就要告訴孩子為什麼廚房很危險了，如在煮「hot soup」（熱湯）、剛燒好「boiled water」（滾

水），或剛使用完「oven」（烤箱）後，就要提醒孩子小心「You might get burned.」（你可能會燙傷。）。使用菜刀時，也要提醒孩子「You might get cut.」（你可能會被刀劃傷。）。

活動3：**在廚房**要小心

如果孩子年紀比較大了，可以進廚房幫忙的時候，就要提醒他注意安全，如「Be careful with the knife.」（用刀子要小心。）、「Stay away from the stove.」（離火爐遠一點。）。如果孩子比較愛搗蛋的話，也可以直接告訴孩子「You had better stay out of the kitchen for now.」（你現在最好先不要來廚房。）等等。

相關單字看這裡

- **kitchenware** 廚房用具
- **pan** 平底鍋
- **pot** 鍋子
- **wok** 炒鍋
- **electric cooker** 電鍋
- **electric boiler**
  電熱水壺
- **kitchen knife** 菜刀
- **stove** 火爐
- **microwave** 微波爐
- **oven** 烤箱
- **range hood** 抽油煙機
- **blender** 果汁機
- **coffee maker** 咖啡機
- **measuring spoons** 量匙
- **ladle** 湯勺
- **chopping board** 砧板
- **spatula** 鍋鏟
- **hot soup** 熱湯
- **boiled water** 滾水

情境對話 **1**

在廚房煮湯的時候⋯⋯ 🎧 Track 081

Kid:	**Mom, what are you doing?**	媽媽，你在幹嘛？
Mom:	**I am making corn soup.**	我在煮玉米湯阿。
Kid:	**Can I watch?**	我可以看嗎？
Mom:	**You'd better stay away from the stove.**	你最好離爐子遠一點。
Kid:	**I'll be careful.**	我會小心的。
Mom:	**Don't get burned.**	不要被燙傷了。

文法解析

要提醒小孩注意事項，表示「你最好要～比較好」，可以用「You had better + 動詞原形」，例如：「You'd better stay from the stove.」（你最好離爐火遠一點。）、「You'd better not touch the pot.」（你最好不要碰鍋子。）等等。

還可以這麼說！ 🎧 Track 082

★**Look out!** 小心！
★**The soup is boiling up.** 湯在滾了。
★**Don't worry. I'll be careful.** 別擔心。我會小心的。
★**You'd better not stay in the kitchen.** 你最好不要待在廚房。

情境對話 2

讓孩子小心的時候……

🎧 Track 083

Kid:	Dad, is that a fish you're cutting?	爸爸，你現在正在切的是一條魚嗎？
Dad:	Yes. Please don't get closer.	對。不要再靠過來了
Kid:	OK. What's that in the pot?	好。鍋子裡面是什麼啊？
Dad:	It's chicken soup. Watch out! It's boiling.	是雞湯。小心！湯在滾了。
Kid:	Don't worry. I'm not touching it.	別擔心啦。我不會去摸它。

文法解析 小朋友常常好奇爸爸媽媽在做什麼，可以用「Is that ~（名詞）you are ~（動詞）？」的句型來表示。例如「Is that a fish you're cutting?」（你在切的是一條魚嗎？）、「Is that a carrot you're peeling?」（你是在削紅蘿蔔的皮嗎？）等等。

還可以這麼說！ 🎧 Track 084

★Don't get any closer. 不要再靠過來了。
★The pan is hot. 鍋子很熱。
★Don't touch anything. 不要摸任何東西。
★Don't touch it. 不要摸！
★Please leave the kitchen. 請離開廚房。
★It's dangerous. 這很危險哪！
★You might get burnt. 你可能會被燙到呀！

Electronic Appliances

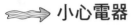 小心電器

寓教於樂這樣做

孩子總喜歡在家裡東摸摸西摸摸，但家中的各種「household appliances」（家用電器）還是暗藏各種危險，平時在家中也一定要告誡孩子注意安全。

活動1：危險電器有哪些

平常在家裡，就要提醒孩子注意別濕著一雙手就誤觸「socket」（插座）、「extension cord」（延長線），也要小心各種危險電器，如「iron」（熨斗）、「heater」（暖爐）、「hair dryer」（吹風機）等。請參考列出的單字來提醒孩子。

活動2：危險的原因

如果孩子問為什麼會危險，就可以進行機會教育，解釋各種電器的危險性，在孩子想用濕濕的手去碰插座、電線的話，告訴他「You

might get electric shock.」（你可能會觸電。），如果他想碰熨斗或暖爐的話，則說「You might burn your finger.」（你可能會燙到手指。）等等。

活動3：別碰**危險電器**

在家裡想隨時提醒孩子小心危險的電器時，可以用「Be careful with the fan.」（用電扇時要小心）、「Don't touch the socket.」（不要碰插座。）、「Stay away from the iron.」（遠離熨斗。）、「Don't trip over the cord.」（不要被電線絆倒。），也可以直接告訴孩子，電器相關的事情「Leave it to me.」（讓我來處理。），以避免孩子隨意碰觸電器。

相關單字看這裡

- **household appliances** 家用電器
- **socket** 插座
- **socket protector** 插座保護套
- **plug** 插頭
- **cord** 電線
- **extension cord** 延長線
- **iron** 熨斗
- **heater** 暖爐
- **dehumidifier** 除濕機
- **washer** 洗衣機
- **air fresher** 空氣清淨機
- **air conditioner** 冷氣機
- **television** 電視
- **fan** 電扇
- **lamp** 燈
- **hair dryer** 吹風機
- **get electric shock** 觸電
- **get burned** 燙傷

讓爸爸媽媽處理電器……

🎧 Track 085

Mom:	Baby, what are you doing there?	寶貝，你在那邊做什麼？
Kid:	I'm trying to plug in the fan.	我在試著插電風扇的插頭。
Mom:	Oh, no! Please stop.	噢，不！請停下來。
Kid:	Why?	為什麼？
Mom:	You shouldn't touch the plug.	你不該碰插頭的。
Kid:	But I want to turn on the fan.	但是我想要開電風扇啊。
Mom:	Leave it to me.	我來弄就好。

 文法解析

叫小孩不要做某件事，除了「You'd better not ～」，也可以直接說「You shouldn't ～」或者「You shouldn't have ～」，例如：「You shouldn't touch the plug.」（你不應該碰插頭的。）、「You shouldn't have played with the iron.」（你不應該拿熨斗來玩的。）等等。

還可以這麼說！ 🎧 Track 086

★Please stop what you're doing . 請停下來。
★Don't touch the plug. 不要碰插頭。
★Let me do it. 我來弄就好。
★Don't touch the socket. 不要碰插座。

情境對話2

別讓孩子在危險電器附近玩…… 🎧 Track 087

Dad:	Kiddo, Daddy is ironing.	小朋友，爸爸在燙衣服喔。
Kid:	**OK.**	好。
Dad:	It's dangerous for you to play around.	你在旁邊玩是很危險的。
Kid:	**I'm not touching the iron.**	我不會碰熨斗啊。
Dad:	I'm afraid you'll trip over the cord.	我怕你會被電線絆倒。
Kid:	**I see. I'll play somewhere else.**	好吧。我會去其他的地方玩。
Dad:	Good boy.	好孩子。

文法解析

警告小孩做某件事情的危險性，可以用「It is + 形容詞 + for 人 + to V.」的句型來表示。例如「It is dangerous for you to play around.」（你在旁邊玩很危險。）、「It's not safe for you to touch the cord.」（你去碰電線不安全。）等等。

還可以這麼說！ 🎧 Track 088

★Go play somewhere else. 到別的地方去玩。
★Don't play with the cord. 不要玩電線。
★Hands off the heater. 不要摸暖爐。
★Don't touch the iron. 不要碰熨斗。
★Be careful when you use it. 使用時要小心。
★No touching. 不要碰。
★Don't put your finger in a fan. 不要把手指頭放到電風扇裡。

Height

⟹ 小心高處

寓教於樂這樣做

　　孩子總喜歡在往高處爬去，讓人「be in a blue funk」（提心吊膽），雖然不必「overprotective」（過度保護），但也要時時提醒孩子要小心。

💡 活動1：這些地方不能爬

　　在孩子「explore the surroundings」（探索環境）的時候，可以參考列出的單字，告訴孩子某些地方是不能隨便爬的，如「windowsill」（窗臺）、「railing」（欄杆）、「handrail」（欄杆、扶手）、「wall」（牆壁）、「rack」（架子）、「shelf」（書架）、「cabinet」（櫃子）等。

💡 活動2：危險的原因

　　如果孩子問為什麼會危險，就可以進行機會教育，解釋爬到高

處的危險性，告訴他「You might fall down.」（你可能會跌倒。）、「You might get hurt.」（你可能會受傷。）、「You might break your arm.」（你可能會摔斷你的手臂。）、「You might break your neck.」（你可能會摔斷你的脖子。）等等。

活動3：這些地方要小心

雖然有很多危險的地方，但也不能禁止孩子到「balcony」（陽台）、「ladder」（梯子）、「stairs」（樓梯）等地方。如果孩子到這些地方玩的話，就要提醒他小心注意，可以用「Be careful.」（小心。）、「Watch your steps.」（注意腳步）、「Stay away from the edge.」（離邊緣遠一點。）、「Mind your feet!」（注意你的腳！）、「Watch out!」（小心！）等。

相關單字看這裡

- **windowsill** 窗臺
- **railing** 欄杆
- **handrail** 欄杆、扶手
- **wall** 牆壁
- **rack** 架子
- **shelf** 書架
- **cabinet** 櫃子
- **tree** 樹
- **branch** 樹枝

- **edge** 邊緣
- **balcony** 陽台
- **ladder** 梯子
- **stairs** 樓梯
- **surroundings** 周圍環境
- **high** 高
- **fall down** 跌落
- **get down** 下來

孩子爬上高處……   🎧 Track 089

Kid:	Hey, Mommy. Look at me!	嘿！媽媽。你看我！
Mom:	**What are you doing up there?**	你在那上面幹嘛？
Kid:	Nothing.	沒有啊。
Mom:	**How did you get up there?**	你是怎麼上去的？
Kid:	I climbed up the ladder over there.	我爬那邊的梯子上來的。
Mom:	**Get down immediately!**	馬上下來！
Kid:	OK.	好。

文法解析

用比較嚴厲的語氣對小孩說「馬上～喔！」可以用「right now」、「immediately」等副詞放在祈使句後面，例如：「Get down immediately!」（馬上下來！）、「Come down here right away.」（馬上下來這邊。）等等。

還可以這麼說！   🎧 Track 090

★**What are you trying to do up there?** 你在上面幹嘛？

★**Get down from there.** 下來。

★**Why did you get up there?** 你為什麼爬上去？

★**Get down right now.** 立刻下來！

情境對話 **2**

讓孩子從高處下來……

🎧 Track 091

Kid:	Dad, the view is better here.	爸爸，這裡視野比較好喔。
Dad:	**Get down from the wall.**	從牆上下來。
Kid:	Why? I want to sit here.	為什麼？我想要坐在這裡。
Dad:	**You might fall and get hurt.**	你可能會摔下來受傷。
Kid:	OK. I'll climb down slowly.	好吧。我會慢慢爬下來。

文法解析

要表達類似「你可能會～喔」的句型，來警告小朋友危險，可以用「You might + 動詞原型」的句型。例如「You might fall down.」（你可能會摔下來。）、「You might get hurt.」（你可能會受傷。）、「You might break your arm.」（你可能會摔斷手臂。）等等。

還可以這麼說！ 🎧 Track 092

★**Get down from the ladder.** 從梯子下來。
★**You may fall.** 你可能會跌下來。
★**You may break your neck.** 你可能會摔斷脖子。
★**Don't go any higher.** 不要再爬更高了。
★**How are you going to get down?** 你要怎麼下來？
★**Watch out!** 小心！
★**Mind your feet!** 注意你的腳。

Dangerous Items

➡️ 小心危險物品

寓教於樂這樣做

平常在家中，孩子難免因為好奇，看到什麼都想拿來把玩，爸爸媽媽要記得把「dangerous items」（危險物品）收好，並提醒孩子們小心。

💡活動1：這些東西不能碰

如果爸爸媽媽要告訴孩子家中哪些東西不可以碰，可以參考列出的單字，和孩子一起製作一個簡單的小海報，在單字旁邊貼上小圖，提醒孩子這些物品很危險。可以參考的單字有「scissors」（剪刀）、「needle」（針）、「box cutter」（美工刀）、「match」（火柴）、「lighter」（打火機）等。

💡活動2：用標語提醒危險

海報上面可以加上簡單易懂的圖示，如說明「lighter」（打火

機）危險，可以在打火機上畫上禁止符號，旁邊寫「Don't play with the lighter.」（不要玩打火機。），或者配上房子燒焦的圖案，旁邊寫「You might burn the house!」（你可能會把房子燒掉！）等。

活動3：阻止**孩子拿**危險物品

看到孩子拿危險物品的時候，要立場堅定地說「Put that down. It's dangerous.」（把那個放下來。那很危險）、「Don't touch the needle.」（不要碰針。）、「Give that lighter to me.」（把打火機給我。）等。

相關單字看這裡

- **scissors** 剪刀
- **needle** 針
- **pin** 別針
- **box cutter** 美工刀
- **blade** 刀片
- **knife** 刀
- **nail clippers** 指甲刀
- **fork** 叉子
- **stapler** 釘書機
- **match** 火柴
- **lighter** 打火機
- **curtain rope** 窗簾拉繩
- **bug spray** 殺蟲劑
- **battery** 電池
- **clay** 黏土
- **drug** 藥物

情境對話 1

阻止孩子玩打火機……

🎧 Track 093

Mom:	What's that in your hand?	你手上拿著什麼？
Kid:	A lighter.	一個打火機。
Mom:	Put that down! It's dangerous.	放下來！那很危險。
Kid:	Why?	為什麼？
Mom:	Never play with a lighter.	絕對不要玩打火機。
Kid:	I won't burn myself.	我不會燒到我自己。
Mom:	But you could burn down the house.	但你可能會燒掉房子。

 文法解析

叫小孩不要做某件事，提醒他們可能會造成哪些不好的後果，可以用「You could ~」的句型，例如：「You could burn down the house.」（你可能會燒毀房子。）、「You could strangle yourself.」（你可能會勒到你自己。）等等。

還可以這麼說！ 🎧 Track 094

★**Put it down right now.** 馬上把東西放下。

★**It's a dangerous item.** 那是危險物品。

★**You could hurt yourself.** 你可能會傷到自己。

★**You could cut yourself.** 你可能會割到自己。

情境對話 **2**

多注意孩子的一舉一動……

🎧 Track 095

Dad:	Kiddo, what are you doing?	寶貝，你在做什麼？
Kid:	**Nothing.**	沒有啊。
Dad:	What are you doing with the curtain rope?	你拉窗簾繩做什麼？
Kid:	**Nothing much.**	沒什麼啦。
Dad:	It's not something to play with.	那不是可以拿來玩的東西。
Kid:	**I'm just trying to tie a knot.**	我只是想要打一個結。
Dad:	Don't play with it. I'm serious.	不要玩那個東西。我是認真的。

文法解析

警告小孩不可以做某些危險動作，表示「我是說真的」，可以用「I'm serious.」、「I mean it.」、或「I'm not kidding.」等等。

還可以這麼說！

🎧 Track 096

★Don't touch the kitchen knife. 不要碰菜刀。
★Don't touch the needle. 不要碰針。
★Be careful with the box cutter. 小心美工刀。
★Don't put that in your mouth. 不要把它放在嘴裡。
★Give that lighter to me. 把打火機給我。
★Don't play with the match. 不要玩火柴。
★You heard me. 聽到了沒。

Home Safety

➡ 小心門戶安全

寓教於樂這樣做

　　平時盡量不要把孩子單獨留在家中，但萬不得已得讓孩子一個人留在家裡的時候，爸爸媽媽也要提醒孩子一定要注意門戶安全，千萬不要聽到門鈴響就去應門。

💡活動1：童話故事**一起讀**

　　可以利用平時的說故事時間，跟孩子一起讀「The Big Wolf and the Seventh Little Goats」（大野狼與七隻小羊），透過童話故事讓孩子明白陌生人的危險，記住不可以隨便替別人開門。

💡活動2：確認**門外**是誰

　　來按門鈴的可能是「delivery man」（送貨員）、「mail carrier」（郵差），也可能是「thief」（小偷）、「bad guy」（壞人），但都是「stranger」（陌生人）。要提醒孩子千萬不能隨便幫陌生人開

門，也要在孩子面前當一個好榜樣，每一次「door bell」（門鈴）響起時都要透過「peephole」（窺視孔）、「door phone」（門口對講機）來確認門外的人是誰。

活動3：**確定是**爸媽才能開門

平時在家中就可以和孩子討論「What should you do when someone rings the doorbell?」（有人按門鈴的時候你要怎麼做？），讓孩子思考並回答，最終得到「Make sure it's Mom or Dad before you open the door.」（要確定是爸爸或媽媽才可以開門）。

相關單字看這裡

- **delivery man** 送貨員
- **mail carrier** 郵差
- **salesman** 推銷員
- **thief** 小偷
- **burglar** 小偷
- **bad guy** 壞人
- **neighbor** 鄰居
- **stranger** 陌生人

- **police** 員警
- **peephole** 窺視孔
- **door phone** 門口對講機
- **door bell** 門鈴
- **iron-gate** 鐵門
- **front door** （房子的）正門
- **door lock** 門鎖
- **answer the door** 應門

確認門外是誰……

🎧 Track 097

Kid:	Bell rings. I'll get the door.	門鈴響了。我去開門。
Mom:	**Wait!**	等一下！
Kid:	For what?	等什麼？
Mom:	**Ask who it is first.**	先問是誰。
Kid:	It must be Daddy.	一定是爸爸呀。
Mom:	**We need to make sure.**	我們要確定啊。
Kid:	OK. Who is it?	好。是誰？

文法解析

平常教小朋友避免危險、開門或者打開不明箱子之前，要先確認按門鈴的人是誰、箱子裡東西是什麼，可以用「動詞 + 疑問詞 + 代名詞 + 動詞 + first.」的句型，例如：「Ask who it is first.」（先問是誰。）、「Check what that is first.」（先確認那是什麼。）等等。

還可以這麼說！ 🎧 Track 098

★Who are you? 你是誰？

★Who is it there? 是誰？

★We need to make sure before doing anything.
　我們得確定才行。

★Don't open the door without asking. 不能沒問就開門。

不要隨意開門……　　Track 099

Kid:	Who is it, please?	請問是誰？
Delivery Man:	Delivery man.	快遞。
Kid:	Wait a moment, please.	請稍等一下。
Delivery Man:	Could you open the door for me?	可以幫我開個門嗎？
Kid:	I'm told not to do it. But my dad is on his way here.	我爸媽說我不行。但我爸爸要過來了。
Delivery Man:	Alright.	好吧。

文法解析 小朋友要記得，爸爸媽媽交代過危險、要避免的事情，要遵守，可以用「I'm told not to + 動詞」的句型表達，例如「I'm told not to open the door for strangers.」（我爸媽說我不能幫陌生人開門。）、「I'm told not to take something from a stranger.」（我爸媽說我不能拿陌生人給的東西。）等等。

還可以這麼說！ Track 100

★I can't open the door for you. 我不能幫你開門。

★I'll go get my parents. 我去叫我爸媽來。

★Don't answer the door by yourself. 不要自己去應門。

★Don't let strangers in. 不要讓陌生人進來。

★I am calling the police. 我要報警了。

119

Strangers

⟹ 小心陌生人

寓教於樂這樣做

在家裡要小心別隨便幫陌生人開門，出門在外也要讓孩子知道怎麼「beware of strangers」（提防陌生人），讓孩子瞭解面對陌生人的基本態度，教他既能尊重陌生人也能保護自己。

活動1：路上**會看到誰**

平常可以和孩子談談路上會看到什麼樣的人，問「What kind of people do you see on the street?」（你在路上看到什麼樣的人？），然後參考列出的單字，跟孩子一起列舉「passers-by」（路人）、「vendors」（小販）、「police officers」（員警）、「strangers」（陌生人）等。

活動2：應對進退**要注意**

除了討論路上會有什麼樣的人外，也要讓孩子瞭解和各式各樣的

人互動的注意事項，可以和孩子討論「Can you talk to them?」（你可以和他們說話嗎？）、「Can you take this to them?」（你可以把這個東西拿給他們嗎？）、「Can you take candy from them?」（你可以拿他們的糖果嗎？）、「Can you ask them for help?」（你可以向他們求助嗎？）等。

活動3：**遇到壞人**怎麼做

　　萬一遇到「kidnapper」（綁架犯）、「abductor」（綁架犯）這一類壞人，孩子可以用「shout」（大叫）、「yell」（大喊）、「cry」（大哭）、「scream」（尖叫）這些方式求助，也可以尋求「police」（員警）、「school guard」（校警）或其他可以看出職業，有穿「uniform」（制服）的人幫助。

相關單字看這裡

- **passer-by** 路人
- **vendor** 小販
- **kidnapper** 綁架犯
- **abductor** 綁架犯
- **school guard** 校警
- **uniform** 制服
- **beware** 提防
- **shout** 大叫
- **yell** 大喊
- **cry** 大哭
- **scream** 尖叫
- **loud** 大聲
- **run** 跑
- **escape** 逃跑
- **ask for help** 尋求幫助
- **police station** 警察局

不要相信陌生人……

🎧 Track 101

Mom:	**What if a stranger gives you candy?**	如果有陌生人要給你糖果,怎麼辦呢?
Kid:	**Don't take it.**	不要拿。
Mom:	**What if a stranger asks where you live?**	如果有陌生人問你住在哪裡,怎麼辦?
Kid:	**Don't tell him.**	不要告訴他。
Mom:	**What if a stranger wants to show you something fun?**	如果有陌生人想要給你看好玩的東西,怎麼辦?
Kid:	**Walk away?**	不要理他?
Kid:	**Good. Never trust a stranger.**	很好。絕對不要相信陌生人。

要教小朋友遇到各種狀況要如何應對,可以問他們「What if~」開頭的問句,例如:「What if a stranger gives you candy?」(如果有陌生人要拿糖果給你,怎麼辦?)、「What if a stranger wants you to follow him?」(如果有陌生人叫你跟他走,怎麼辦呢?)等等。

還可以這麼說! 🎧 Track 102

★**Don't take strangers' candy.** 不要拿陌生人的糖果。

★**Don't tell strangers where you live.**
不要告訴陌生人你住哪裡。

★**Don't trust a stranger.** 不要相信陌生人。

情境對話 2

該怎麼保護自己……

🎧 Track 103

Mom:	What if a stranger tries to touch you?	如果有陌生人想要摸你，怎麼辦？
Kid:	Uh, I'm not sure what to do...	呃，我不確定可以怎麼辦……
Mom:	You should shout.	你就大喊。
Kid:	Very loud?	很大聲嗎？
Mom:	Yes, you shout really loud so everybody will look at you.	對，你要喊得很大聲，讓大家都注意到你。
Kid:	What do I shout?	我要喊什麼？
Mom:	You should shout "Help! This is not my Daddy!"	你就喊「救命！這個人不是我爸爸！」

文法解析 要表達「我不確定該做什麼／該如何做」，可以用「I'm not sure what + to + 動詞」的句型，例如「I'm not sure what to do.」（我不確定可以怎麼辦。）、「I'm not sure how to escape.」（我不確定該怎麼逃開。）等等。

還可以這麼說！ 🎧 Track 104

★Don't let a stranger touch you. 不要讓陌生人碰你。
★Shout out loud. 大聲喊叫。
★Stay away from him. 離他遠一點。
★Turn around and leave. 轉身離開。
★Help! 救命啊！
★This is not my daddy. 這個人不是我爸爸。
★This is not my mommy. 這個人不是我媽媽。
★I don't know this person. 我不認識這個人。

Meal Time
用餐時光

Table Manners

⟹ 用餐禮儀

寓教於樂這樣做

一個人的家教可以從用餐禮儀中看出來，爸爸媽媽要從小就讓孩子知道吃飯的時候該注意什麼喔。

💡活動1：餐具**有這些**

在學習用餐禮儀的時候，可以參考列出的單字，先帶領孩子認識平常會用到的餐具，如「spoon」（湯匙）、「fork」（叉子）、「knife」（餐刀）、「chopsticks」（筷子）、「plate」（餐盤）、「bowl」（碗）、「napkin」（餐巾）等。

💡活動2：**讓看板來提醒**

可以製作一個「Table Manners」（用餐禮儀）的小看板，如「Don't talk with food in your mouth.」（嘴巴裡有食物時不要講話。）、「Don't slurp your soup.」（喝湯時不要發出聲音。）、

「Cover your mouth when you burp.」（打嗝時嘴巴要遮起來。）
等。

活動3：**遵守禮儀**有獎勵

　　可以每週選一天當作「Table Manners Day」（餐桌禮儀日），在
這一天要求孩子做好所有小看板上提到的餐桌禮儀，如果當天孩子都
有做到，就可以延長他玩遊戲的時間，或者可以多吃一些點心。

相關單字看這裡

- **eating utensils** 餐具
- **spoon** 湯匙
- **fork** 叉子
- **knife** 餐刀
- **chopsticks** 筷子
- **plate** 餐盤
- **bowl** 碗
- **cup** 杯子
- **glasses** 玻璃杯

- **teapot** 茶壺
- **napkin** 餐巾
- **tray** 托盤
- **pepper shaker** 胡椒罐
- **salt shaker** 鹽罐
- **dining table** 餐桌
- **chair** 椅子
- **table cloth** 桌巾

聊天時也要注意禮儀……　　　　　　　　　　🎧 Track 105

Kid:	Mom, the field trip today is really fun.	媽媽，今天校外教學好好玩。
Mom:	Hey, you have food in your mouth.	嘿，你嘴巴有食物耶。
Kid:	Oh, sorry. (Burp)	噢，抱歉。（打嗝）
Mom:	Cover your mouth when you burp.	打嗝的時候嘴巴遮起來。
Kid:	Oh. Mom. I forgot what I was going to say.	媽媽、我忘記我要說什麼了啦！
Mom:	Sorry, but you have to watch your table manners.	抱歉，但你得要注意一下餐桌禮儀。

文法解析　教小孩說「你要注意～」的時候可以用「You have to watch ～」來表達，例如「You have to watch your table manners.」（你要注意餐桌禮儀。）、「You have to watch your language.」（你要注意措辭。）等等。

還可以這麼說！　🎧 Track 106

★Don't talk with food in your mouth. 嘴巴裡有食物不要講話。

★Cover your mouth when you cough.
咳嗽的時候嘴巴要遮起來。

★Mind your table manners. 注意你的餐桌禮儀。

★Don't slurp your soup. 喝湯不要發出聲音。

情境對話 **2**

提醒孩子注意用餐禮儀…… 🎧 Track 107

Kid:	**The soup is really yummy.**	這湯真是美味。
Dad:	**I know. But please don't lick your spoon.**	我知道，不過請你不要舔湯匙。
Kid:	**The chicken is delicious, too.**	雞肉也好好吃。
Dad:	**Chew your food with your mouth closed.**	嚼食物時，嘴巴閉上。
Kid:	**OK.**	好的。
Dad:	**Sit straight and stop kicking me under the table.**	請你坐好，不要一直在桌下踢我的腳。

文法解析

用「with + 受詞 + 受詞補語」的句型，可以表示做某件事時，某事物應該是如何的狀態，例如「Chew your food with your mouth closed.」（嚼食物時，嘴巴閉上。）、「Yawn with your mouth covered.」（打哈欠的時候要把嘴巴遮起來。）等等。

還可以這麼說！ 🎧 Track 108

★**No toys.** 吃飯不玩玩具。
★**Come with your clean hands.** 手洗乾淨再過來。
★**Stay seated.** 坐好。
★**Mouth closed.** 嘴巴閉起來（吃東西）。
★**No playing.** 不要玩食物。
★**No slurping.** 吃東西不要發出聲音。
★**Elbows off the table.** 手肘不要放在桌上。
★**No rude noises.** 不要發出沒禮貌的聲音。

Unit 2

Breakfast

⟹ 早餐

寓教於樂這樣做

　　若平日工作繁忙，早餐只能匆匆解決，那就可以利用假日的時候，好好與孩子享受一頓豐盛的早餐，接著來看看可以怎麼用英文來描述這一頓早餐吧！

💡活動1：今天早上吃什麼

　　吃早餐前，可以告訴孩子「I made pancakes for breakfast. Let's have it together!」（我做了鬆餅當早餐。我們一起吃吧！），然後讓孩子幫忙擺好餐具，並在餐桌旁邊坐好。

💡活動2：想要果醬或飲料嗎？

　　吃早餐時，也可以用英文問問孩子想不想要飲料或果醬，如「Do you want some honey or jam on your pancake?」（你要在鬆餅上加些蜂蜜或果醬嗎？）、「Would you like some milk?」（你想要一些

牛奶嗎？），若孩子想要的話，就可以說「Here is your milk.」（這
是你要的牛奶。）。

活動3：催促**時這樣說**

　　萬一趕時間，要讓孩子快點用餐完畢的話，可以說「Finish your
cereal quickly.」（快點把你的麥片吃完。）、「Just grab a bite!」
（趕快吃一吃吧！）等。

相關單字看這裡

- **pancake** 鬆餅
- **sandwich** 三明治
- **hash browns** 薯餅
- **croissant** 可頌
- **toast** 吐司
- **cereal** 麥片
- **poached egg** 水煮蛋
- **scrambled egg** 炒蛋
- **Egg Benedict** 班尼迪克蛋
- **yogurt** 優格

- **milk** 牛奶
- **juice** 果汁
- **honey** 蜂蜜
- **jam** 果醬
- **Chinese steamed bun** 饅頭
- **fried bread stick** 油條
- **soybean milk** 豆漿
- **porridge** 粥

情境對話 1

和孩子享用早餐時……

🎧 Track 109

Dad:	I made pancakes for breakfast.	我做了鬆餅當早餐喔。
Kid:	**My favorite!**	我最喜歡的！
Dad:	Would you like some honey on it?	你要不要淋一些蜂蜜？
Kid:	**Yes, please.**	要，請給我一些。
Dad:	Would you like juice or milk?	你要果汁還是牛奶？
Kid:	**Juice, please.**	請給我果汁。
Dad:	Here you go.	給你。

文法解析

在餐桌上，問小孩「要不要吃／喝一點～」，可以說「Would you like some~」或「Do you want some ~」，例如「Do you want some syrup on your pancake?」（你的鬆餅上要淋一些糖漿嗎？）、「Do you want some milk?」（你要一些牛奶嗎？）等等。

還可以這麼說！　🎧 Track 110

★Here's your breakfast. 這是你的早餐。

★That's my favorite. 那是我最愛吃的。

★Would you like some smoothie? 你要喝點奶昔嗎？

★Sure, please. 好的，麻煩你。

★There you go. 給你。

情境對話 2

趕著上學時……

🎧 Track 111

Mom:	Finish your pancake quickly!	趕快吃完你的鬆餅！
Kid:	**I am trying.**	我在嘗試了。
Mom:	Eat faster! You are already late.	吃快一點啊！你已經遲到了。
Kid:	**I am eating as fast as I can.**	我已經盡量吃快了。
Mom:	Please get up earlier tomorrow.	明天請早一點起床。
Kid:	**OK. I will.**	好啦。我會的。

文法解析

表示「盡量～」，可以用「動詞 + as + 副詞 + as + 人 + can」這個句型來表達。例如「I am eating as fast as I can.」（我已經盡量吃快了。）、「I will get up as early as I can.」（我會盡量早一點起床。）等等。

還可以這麼說！ 🎧 Track 112

★**Eat faster.** 吃快一點！
★**I am eating as fast as I can.** 我已經盡量吃很快了。
★**You don't have enough time for breakfast.**
　你沒時間吃早餐了。
★**Just grab a bite.** 隨便吃一口吧。
★**Get up earlier tomorrow.** 明天早點起來。
★**Finish your milk.** 把牛奶喝完。
★**Want more pancakes?** 要再多一點鬆餅嗎？

Unit 3

Lunch
→ 午餐

寓教於樂這樣做

　　和孩子一起吃午餐，可以討論要吃什麼，鼓勵孩子吃些營養均衡的食物，順便用英文叮嚀孩子一些用餐的好習慣喔！

活動1：**今天中午**吃什麼

　　吃早餐前，可以跟孩子討論中午要吃些什麼，問孩子「What do you want for lunch?」（你午餐想吃什麼？），孩子可能回答「fast food」（速食）、「spaghetti」（義大利麵）、「fried rice」（炒飯）、「sushi」（壽司）等，決定好要吃什麼之後，就可以說「Let's have spaghetti for lunch!」（午餐我們一起吃義大利麵吧！）。

活動2：**用餐時要**注意

　　坐在餐桌上時，爸爸媽媽可以提醒孩子用餐的好習慣，例如「Don't eat like a horse.」（別吃得太多。）、「Eat slowly so you won't choke.」（吃慢一點才不會嗆到。）、「Don't be a fussy eater.」（不要挑食）等。

活動3：午餐吃得開心嗎？

　　吃完午餐之後，可以問孩子「Did you enjoy the lunch?」（你午餐吃得開心嗎？），如果孩子很開心、很享受這一頓午餐的話，就可以說「Let's have spaghetti together again next time!」（下次再一起吃義大利麵吧！）。

相關單字看這裡

- **fast food** 速食
- **spaghetti** 義大利麵
- **fried rice** 炒飯
- **fried noodles** 炒麵
- **sushi** 壽司
- **chicken nugget** 雞塊
- **fried chicken** 炸雞
- **curry rice** 咖哩飯

- **beef noodles** 牛肉麵
- **dumplings** 餃子
- **salad** 沙拉
- **combo meal** 套餐
- **set meal** 多人套餐
- **light meal** 輕食
- **lasagna** 千層麵
- **choke** 嗆到

準備吃午餐時……　　　　　　　　　　　 Track 113

Kid:	I feel hungry.	我覺得餓了。
Dad:	I'm hungry, too. What do you want for lunch?	我也餓了。你午餐想吃什麼？
Kid:	Anything but fast food.	只要不是速食都好。
Dad:	I'll make sandwiches.	我可以做三明治。
Kid:	Can you make a salmon sandwich for me?	你可以幫我做一份鮭魚三明治嗎？
Dad:	No problem.	沒問題。

 文法解析

討論要吃什麼東西的時候，可能會說「只要不是～都好」來表達意見，可以說「Anything but ～」，例如「Anything but fast food.」（只要不是速食都好。）、「Anything but spaghetti.」（只要不是義大利麵都好。）等等。

還可以這麼說！　　 Track 114

★I am hungry. 我餓了。

★Me, too. 我也是。

★What would you like to have for lunch? 你午餐想吃什麼？

★I can make sandwiches. 我可以做三明治。

136

情境對話 2

用餐的時候……

🎧 Track 115

Dad:	Hey, don't eat like a wolf.	不要狼吞虎嚥。
Kid:	I can't help it. It's really yummy.	我忍不住啊。真的很好吃。
Dad:	Eat slowly so you don't choke.	慢慢吃，才不會嗆到。
Kid:	OK. Can I take out the pickles?	好。我可以把醃黃瓜挑出來嗎？
Dad:	No. Don't be a picky eater.	不行。不要挑食。
Kid:	OK. Can I have another one?	好。我可以再吃一個嗎？

文法解析 句型當中有「祈使句 + so + 主詞 + 動詞」表示「如此才能～」，例如「Eat slowly so you don't choke.」（慢慢吃，才不會嗆到。）、「Get up earlier so you won't be late for school.」（早一點起床，才不會上學遲到）等等。

還可以這麼說！
🎧 Track 116

★Eat like a wolf. 狼吞虎嚥。
★Eat like a pig. 大吃大喝。
★Eat like a horse. 吃得很多。
★Eat like a bird. 吃得很少。
★Eat slowly. 慢慢吃。
★I'm still hungry. 我還很餓。
★It's so yummy. 這實在太好吃了。
★Don't be a picky eater. 不要挑食。

Dinner

→ 晚餐

Unit 4

寓教於樂這樣做

晚餐時間還沒到，孩子就已經飢腸轆轆地在等著晚餐了嗎？也許可以準備一點簡單的點心和小遊戲，幫孩子複習一下食物的單字。

活動1：記得中午吃什麼嗎？

可以準備一張紙，在上面畫出六個格子，在其中兩格填上午餐餐點的英文和中文，如果午餐吃了「pizza」（披薩），就分別把pizza和披薩填到兩個格子裡，剩餘四格則隨意填寫不同的食物名稱，可以填「hamburger」（漢堡）、「fried dumpling」（鍋貼）、「ramen」（拉麵）等。接著讓孩子來回想中午吃了什麼，如果成功答出午餐餐點的英文與中文，就可以給孩子一點小獎勵。

活動2：猜猜看晚餐吃什麼

在準備晚餐時，如果孩子按捺不住跑到廚房，就能問問孩子知不

知道今天晚餐吃些什麼，可以說「Guess what we will have today.」（猜猜看我們今天要吃什麼吧。），孩子就能根據他的觀察，或者他希望的菜單來回答，如「Are we having spaghetti?」（我們要吃義大利麵嗎？），孩子答對的話，就可以告訴他「Yes, dinner will be ready soon.」（是的，晚餐很快就會好了。）。

活動3：餐前要洗手

在端上晚餐之前，也要問問孩子「Have you washed your hands?」（你洗過手了嗎？），來提醒孩子要記得洗手。如果孩子還沒洗手的話，要告訴他「Go wash your hands first.」（先去洗手。），保持良好的衛生習慣。

相關單字看這裡

- **pasta** 通心粉
- **hamburger** 漢堡
- **pizza** 披薩
- **fried dumpling** 鍋貼
- **boiled dumpling** 水餃
- **steamed dumpling** 蒸餃
- **ramen** 拉麵
- **supper** 晚餐、宵夜
- **main dish** 主餐
- **appetizer** 開胃菜

- **starter** 前菜
- **side dish** 配菜
- **platter** 拼盤
- **beef** 牛
- **chicken** 雞
- **lamb** 羊
- **turkey** 火雞
- **salmon** 鮭魚
- **dig in** 開動

吃晚餐之前……　　　　　　　　　　　　　🎧 Track 117

Kid:	Mom, is dinner ready yet?	媽媽，晚餐好了嗎？
Mom:	**Not yet. Guess what we'll have today.**	還沒。猜猜看我們今天要吃什麼吧。
Kid:	Are we having spaghetti today?	我們今天要吃義大利麵嗎？
Mom:	**Yes. Dinner will be ready soon.**	是啊。晚餐很快就好了。
Kid:	I'm starving.	我好餓。
Mom:	**You can have some dried fruit first.**	你可以先吃一點水果乾。

文法解析

爸媽平常和小孩對話，常常出現「好了沒？」、「還沒～」等英文表達，且常會出現用在否定句和疑問句當中的「yet」這個單字。例如「Is dinner ready yet?」（晚餐好了嗎？）、「Have you done your homework yet?」（你做功課了嗎？）、「Not yet.」（還沒。）等等。

還可以這麼說！　🎧 Track 118

★Is dinner ready? 晚餐好了嗎？

★Just a second. 再等一下。

★I'm so hungry. 我快餓死了。

★Dinner will be ready in a minute. 晚餐馬上好。

情境對話**2**

用餐前記得洗手……　　　　　　🎧 Track 119

Dad:	Dinner time!	吃晚餐囉！
Kid:	Yeah! I can't wait!	耶！我等不及啦！
Dad:	Have you washed your hands?	你洗過手了嗎？
Kid:	Yes, I just did.	嗯。我剛洗過了。
Dad:	Good. Let's wait for Mommy.	很好。我們等一下媽媽。
Kid:	Mom is here. Now let's dig in!	媽媽來了。開動吧！

 文法解析　句型當中有「Have you + 動詞過去分詞」表示「你已經～過了嗎？」，例如「Have you washed your hands?」（你洗過手了嗎？）、「Have you finished your soup?」（你把湯喝完了嗎？）等等。

還可以這麼說！ 🎧 Track 120

★Time for dinner! 吃晚餐囉！
★Time for supper! 吃晚餐囉！
★Go wash your hands first. 先去洗手。
★Let's wait for Daddy. 等一下爸爸。
★I can't wait to dig in. 我等不及開動了。
★Let's eat! 開動吧！

Unit 5

Tea Time

➡ 點心時間

寓教於樂這樣做

假日有空時和孩子一起來個下午茶，也是增進親子關係的好方法喔！如果是在炎炎夏日，也可以一起吃些冰品，消除暑意更暢快！

活動1：點心有哪些？

在享用下午茶之前，可以一起來認識看看可口點心的英文說法是什麼喔！孩子愛吃的甜食有「muffin」（瑪芬蛋糕）、「waffle」（格子鬆餅）、「cupcake」（杯子蛋糕）、「apple pie」（蘋果派）等。

活動2：刨冰是夏日好選擇

如果家裡有「ice shaver」（刨冰機）的話，也可以和孩子一起製作刨冰喔！除了製冰以外，也可以準備「condensed milk」（煉乳）、「Azuki beans」（紅豆）、chocolate syrup（巧克力醬）

等配料，讓孩子來選擇，他可以說「I want condensed milk for the toppings of my shaved ice.」（我要煉乳當刨冰的配料。），選擇喜歡的配料來搭配美味的刨冰。

活動3：**注意**不要吃太多

　　點心畢竟不是正餐，吃太多甜食也對身體健康不好，如果孩子嘴饞，纏著爸爸媽媽想要吃更多點心的時候，可以告訴孩子「You already had too much.」（你已經吃太多了。）來拒絕孩子。

相關單字看這裡

- **muffin** 瑪芬蛋糕
- **waffle** 格子鬆餅
- **cupcake** 杯子蛋糕
- **apple pie** 蘋果派
- **crepe** 可麗餅
- **scone** 司康
- **brownie** 布朗尼
- **tiramisu** 提拉米蘇
- **chiffon cake** 戚風蛋糕
- **macaron** 馬卡龍
- **shaved ice** 刨冰
- **condensed milk** 煉乳
- **Azuki bean** 紅豆
- **chocolate syrup** 巧克力醬
- **ice cream cone** 甜筒霜淇淋
- **cookie** 餅乾
- **fruit** 水果
- **beverage** 飲料
- **dessert** 甜點
- **snack** 點心

情境對話 1

一起吃刨冰……

🎧 Track 121

Kid:	Mom, can we have some desserts?	媽媽，我們可以吃點心嗎？
Mom:	Sure. What do you want?	好啊。你想吃什麼？
Kid:	I'd like to have some shaved ice.	我想要吃刨冰。
Mom:	Sounds good.	聽起來滿不錯的。
Kid:	What do we have for toppings?	我們有什麼配料可以加呢？
Mom:	We have chocolate syrup and condensed milk.	我們有巧克力醬和煉乳。

 文法解析

教小孩要表達「我想吃～」的時候可以用「I'd like to have ～」表達，例如「I'd like to have some shaved ice.」（我想吃一些刨冰。）、「I'd like to have some cookies.」（我想要吃一些餅乾。）等等。

還可以這麼說！

🎧 Track 122

★**Can we have some snacks?** 我們可以吃點心嗎？

★**What about you?** 那你呢？

★**I'd like some cookies.** 我想吃點餅乾。

★**What are we waiting for?** 那我們還等什麼呢？

情境對話2

甜食不要吃太多……

🎧 Track 123

Kid:	I want another cupcake.	我想再吃一個杯子蛋糕。
Dad:	**You already had three cupcakes.**	你已經吃三個杯子蛋糕了。
Kid:	**These chocolate cupcakes are really good.**	這些杯子蛋糕真好吃。
Dad:	**I agree, but you already had too much.**	我同意,但你已經吃太多了。
Kid:	**Well, can I have a scone then?**	好吧,那我可以吃個司康嗎?
Dad:	**The answer is still no.**	答案也是不行。

文法解析

孩子有時候吃點心或玩遊戲會過頭,可以用帶有「already」的句子表示「你已經~了喔」,例如「You already had three cupcakes.」(你已經吃三個杯子蛋糕了。)、「You have already played for three hours.」(你已經玩三個小時了。)等等。

還可以這麼說!

🎧 Track 124

★You already had too much. 你已經吃太多了。
★These cupcakes are the best. 這些杯子蛋糕是最好吃的。
★Can I have another one? 我可以再吃一個嗎?
★Would you like some more? 你還要再吃一點嗎?
★I want something sweet. 我想吃點甜的。
★I want something icy cold. 我想吃點冰冰涼涼的東西。
★I just want something to drink. 我只想要喝東西。

Unit 6

More Eating Habits

其他用餐狀況

寓教於樂這樣做

　　平時可以注意孩子的用餐狀況，養成他表達問題的能力，在釐清問題後，才能一起想解決的方式。

活動1：可能的問題**是什麼？**

　　吃飯的時候注意孩子的狀況，如果怪怪的，可以主動詢問「What's wrong?」（怎麼了？），鼓勵孩子表達他的狀況，可能的情況有「can't finish it」（吃不完）、「have a stomachache」（肚子痛），或是因為挑食而「don't like it」（不喜歡）。

活動2：**試著**解決問題

　　爸爸媽媽可以針對小朋友的問題，適時提出回應，如「Are you full?」（你飽了嗎？）、「Let's take some rest.」（我們休息一下。），要是孩子是因為挑食而不吃飯的話，可以說「Give it a try.」

（試試看。）等等，也要勸孩子不要挑食。

活動3：不要挑食

　　孩子可能會挑食，可以參考列出的單字，問問看孩子不喜歡哪些食物，如「carrot」（紅蘿蔔）、「green pepper」（青椒）、「peas」（豌豆）、「broccoli」（花椰菜）、「bitter melon」（苦瓜），或許這些食物只要換一個烹調方式，孩子就會喜歡了。

相關單字看這裡

- **carrot** 紅蘿蔔
- **green pepper** 青椒
- **peas** 豌豆
- **broccoli** 花椰菜
- **bitter melon** 苦瓜
- **cucumber** 小黃瓜
- **eggplant** 茄子
- **mushroom** 蘑菇
- **onion** 洋蔥
- **scallion** 青蔥

- **lettuce** 生菜（萵苣）
- **Chinese chive** 韭菜
- **celery** 芹菜
- **ginger** 薑
- **garlic** 蒜頭
- **taro** 芋頭
- **picky eater** 挑食者
- **fussy eater**
  對食物挑剔的人
- **stomachache** 肚子痛

問孩子怎麼了……

🎧 Track 125

Kid:	Mom, I can't finish it.	媽媽，我吃不完。
Mom:	Are you full?	你吃飽了嗎？
Kid:	Yes. I am so full. I can't eat anymore.	對。我好飽。我再也吃不下了。
Mom:	Alright, then.	那好吧。
Kid:	Can I have the dessert now?	我現在可以吃甜點了嗎？
Mom:	No. You are full. Remember?	不行。你已經吃飽了，記得嗎？

文法解析

如果要表達「我好飽／ 我好累／ 我好不舒服」的時候可以用「so + 形容詞」來表達，例如「I am so full.」（我好飽。）、「I'm so tired.」（我好累。）、「I feel ill.」（我覺得不舒服。）等等。

還可以這麼說！ 🎧 Track 126

★I don't want to have any of these anymore.
這些我都不想再吃了。

★You should stop eating now. 你該停止吃東西了。

★You just said you are full. Right?
你剛剛說你吃飽了。對吧？

情境對話 2

鼓勵孩子營養均衡……

🎧 Track 127

Dad:	Why don't you eat your pizza?	你怎麼不吃披薩？
Kid:	I don't like it.	我不喜歡。
Dad:	What's wrong with it?	有什麼問題嗎？
Kid:	There's green pepper on it.	上面有青椒。
Dad:	Green pepper is delicious. Give it a try. It's better than you think.	青椒很好吃啊。試試看嘛。它比你想像得好吃喔。

文法解析

用「It is + 形容詞比較級」的句型，可以鼓勵小孩去嘗試某些事情，例如「It's better than you think.」（它比你想像得好吃。）、「It's easier than you think.」（它比你想像得容易。）等等。

還可以這麼說！ 🎧 Track 128

★Don't be a picky eater. 別挑食。
★I don't like the taste. 我不喜歡這個味道。
★I hate the smell. 我討厭那個味道。
★It's gross. 那好噁心。
★Give it a go. 試試看嘛。
★Milk makes you grow taller. 牛奶會讓你長高喔。
★Carrots are good for your eyes. 紅蘿蔔對眼睛很好喔。
★It tastes better than you think. 它比你想像的好吃。

149

Clean-up

⟹ 收拾善後

寓教於樂這樣做

用餐完畢後，讓孩子一起來收拾，不僅可以讓爸爸媽媽輕鬆一點，也能讓孩子養成習慣，長大後才不會總是等著別人幫自己善後喔。

活動1：需要清理的東西**有哪些？**

可以參考列出的單字，看看用完餐後，有哪些東西是需要收拾的，如「dirty dishes」（髒碗盤）要清洗，「kitchen waste」（廚餘）要扔掉，而「leftovers」（剩菜）要放進「fridge」（冰箱）裡，也不能忘了還有其他鍋碗瓢盆要處理。

活動2：**告訴孩子**該做什麼

在「clean-up」（收拾）的時候，可以一邊示範動作，一邊問孩子「Can you wipe the table?」（你可以擦桌子嗎？）、「Can you do the dishes?」（你可以洗碗嗎？）、「Can you put the dish away?」（你可以把碗盤收好嗎？），讓孩子挑選自己想完成的工作。

活動3：**完成後記得讚美**

爸爸媽媽可以在孩子完成善後工作之後給予鼓勵或讚美，如「You are doing a great job.」（你做得真好。）、「That's very sweet of you.」（你真貼心。）等，孩子有了鼓勵之後，會更有動力幫忙喔！

相關單字看這裡

- **dirty dishes** 髒碗盤
- **kitchen waste** 廚餘
- **leftovers** 剩菜
- **fridge** 冰箱
- **dish cleaning sponge** 洗碗海綿菜瓜布
- **dish soap** 洗碗精
- **dishwasher** 洗碗機
- **cup** 杯子
- **glass** 玻璃杯
- **bowl** 碗
- **plate** 盤
- **wipe the table** 擦桌子
- **do the dishes** 洗碗
- **rinse** 沖洗
- **dry** 弄乾
- **clean up** 收拾

情境對話1

請孩子幫忙收拾……

🎧 Track 129

Mom:	Are you finished?	吃完了嗎？
Kid:	Yes.	吃完了。
Mom:	Good. Let's clear the table.	很好。我們來清理桌面吧。
Kid:	What can I do to help?	我可以做什麼呢？
Mom:	Could you wipe the table?	你可以擦桌子嗎？
Kid:	Yes, I can do it.	可以，我會做。

文法解析

如果要表達「你弄好了嗎？」可以把「finished」和「done」當成是形容詞來使用，例如「Are you finished?」、「Are you done?」等等。

還可以這麼說！　🎧 Track 130

★Can you clean the table? 你可以清理桌子嗎？

★Can you remove these dirty plates?
你可以拿走這些髒盤子嗎？

★Can you wash the dishes? 你可以洗碗嗎？

情境對話 2

孩子主動幫忙……

🎧 Track 131

Kid:	Let me take care of the dirty dishes.	我來負責髒碗盤吧。
Dad:	**Are you sure?**	你確定嗎？
Kid:	Yes. I can do it.	對。我可以做的。
Dad:	**That's very sweet of you.**	你真好。
Kid:	It's a piece of cake. See?	很簡單啊。你看！
Dad:	**You are really doing a great job!**	你真的洗得很乾淨耶！

文法解析

可以使用「That's very + 形容詞 + of you.」的句型來對小孩表達感謝，例如「That's very sweet of you.」（你真貼心。）、「That's very nice of you.」（你真好。）等等。

還可以這麼說！　🎧 Track 132

★I can do the dirty dishes. 我來洗髒盤子。

★Take out the kitchen waste. 把廚餘拿去丟。

★Put the leftovers in the fridge. 把剩菜放進冰箱裡。

★Rinse the dishes. 沖洗碗盤。

★Dry the dishes. 擦乾碗盤。

★Put the dishes away. 把碗盤收起來。

Part **6**

Indoor Activities
室內活動

Chit-Chat
➡ 聊天

寓教於樂這樣做

　　爸爸媽媽平常可以利用「meal time」（用餐時間）、bath time（洗澡時間）、bedtime（睡覺前）來和孩子聊聊一天中發生了什麼事，有些孩子話匣子一開就停不下來，這時候爸爸媽媽可以當個best listener（最佳聽眾），鼓勵孩子多多表達自己的想法和情緒喔！

活動1：心情有這些

　　一天內發生的事情有好有壞，可以參考列出的單字，讓孩子試著瞭解並表達自己當下的情緒，如「happy」（快樂的）、「sad」（傷心的）、「upset」（沮喪的）、「angry」（生氣的）、「confused」（困惑的）等。

活動2：引導可以這麼做

　　爸爸媽媽可以用一些簡單的問題來帶出話題，如「Why do you

look upset? What happened?」（你為什麼看起來這麼難過？發生了什麼事情？）等，也可以用簡短的問題作為回應，如「Really?」（真的嗎？）、「Why?」（為什麼？）、「And then?」（然後呢？）等，讓孩子繼續話題。

活動3：下結論給鼓勵

孩子講到一個段落之後，可以幫他做一些結論，鼓勵他或者給他建議，如「You are so nice!」（你真善良！）、「I believe you can do it!」（我相信你可以做到！）、「Next time you can tell him that you don't like it.」（下次你可以跟他說你不喜歡這樣。）等等。

相關單字看這裡

- **happy** 快樂的
- **pleased** 滿意的
- **delighted** 高興的
- **overjoyed** 狂喜的
- **thrilled** 非常興奮的
- **sad** 傷心的
- **upset** 沮喪的
- **depressed** 沮喪的
- **annoyed** 煩躁的

- **angry** 生氣的
- **mad** 憤怒的
- **furious** 狂怒的
- **confused** 困惑的
- **bewildered** 困惑的
- **worried** 擔憂的
- **embarrassed** 尷尬的
- **anxious** 焦慮的
- **scare** 害怕

情境對話1

聊聊未來的事……

🎧 Track 133

Mom:	When you grow up...	你長大的時候……
Kid:	Yeah?	蛤？
Mom:	What do you want to be?	你想要做什麼呢？
Kid:	Hum...I think I want to be a nurse.	我覺得我想要成為一個護理師。
Mom:	A nurse? Why?	護理師？為什麼呢？
Kid:	I want to help sick people.	我想幫助生病的人。
Mom:	You are so nice! I believe you can do it.	你真善良！我相信你可以做到的。

文法解析

小朋友表達未來的志向，表達「我想成為～」，可以用「I want to be a ～」或者「I want to become a ～」的句型，例如「I want to be a nurse.」（我想成為一個護理師。）或「I want to become a businessman.」（我想要變成一個商人。）等等。

還可以這麼說！　🎧 Track 134

★Let's chit-chat. 我們來聊天。

★We can talk about anything. 我們什麼都能聊。

★What do you think? 你覺得呢？

★How do you feel right now? 你現在覺得如何？

聊聊心事……

🎧 Track 135

Mom:	Baby, you look upset. Do you want to talk about it?	寶貝，你看起來很不高興。你想要聊聊嗎？
Kid:	Jeremy said something mean to me.	傑瑞米對我說很過分的話。
Mom:	What did he say?	他說了什麼？
Kid:	He said I am ugly and chubby.	他說我又醜又胖。
Mom:	You are not. You are a lovely boy.	你不是啊。你是個可愛的男孩。
Kid:	Thanks, mom. But I feel bad about his words.	謝謝你，媽媽。但他這樣講，我很難過。
Mom:	Next time, tell him that you don't like it.	下次要告訴他你不喜歡這樣。

文法解析

要表達「為了某件事感到很難過」，可以用「I feel bad about ~」來表達，例如：「I feel bad about his words.」（他這樣講，我很難過。）、「I feel sad about what she did.」（她這樣做，我很難過。）等等。

還可以這麼說！　🎧 Track 136

★You look upset. 你看起來不高興。
★What makes you sad? 什麼事讓你傷心呢？
★What's so funny? 什麼事那麼好笑？
★Tell me. 跟我說嘛。
★Tell me how you feel. 告訴我你的感覺。
★Maybe I can help. 也許我能幫忙喔。
★Do you feel better now? 現在覺得舒服多了嗎？

Playing **with the** Toys

⟹ 玩玩具

寓教於樂這樣做

在家和孩子一起玩玩具,可以增進親子互動的機會,也能讓孩子練習口語表達能力,甚至可以在玩樂的過程促進想像力發展,因此可以的話,建議爸爸媽媽盡量「spare some quality time for kids」(留出一些時間給孩子)。

活動1:玩具**自己挑**

可以在玩具上面貼上小標籤,選擇玩具的時候,可以參考列出的單字,先問孩子要「toy car」(玩具車)、「barbie doll」(芭比娃娃)、「building bricks」(積木)等,先由父母講一次英文單字,孩子再跟著講一遍,藉此讓孩子熟悉英文單字。

活動2:引導**可以這麼做**

在跟孩子一起玩玩的過程中,爸爸媽媽可以進行一些簡單的引

導，如玩積木的時候可以問孩子「What do you want to build?」（你想要蓋什麼？），也可以直接跟孩子說「Let's build a house.」（一起來蓋房子吧。），然後在玩的時候建立孩子對不同建築物的認知。

活動3：正面回饋**記得給**

等遊戲告一段落，可以給孩子一些正面的回饋，如「You are the winner.」（你獲勝了。）、「You did a great job.」（你做得很好。），也要記得告訴孩子「Put the bricks away.」（把積木放回去。），提醒他收拾玩具。

相關單字看這裡

- **toy car** 玩具車
- **barbie doll** 芭比娃娃
- **building bricks** 積木
- **soft toy** 絨毛玩具
- **toy train** 玩具火車
- **toy track** 玩具軌道
- **remote control car**
  遙控車
- **audio storybook**
  有聲故事書

- **yo-yo** 溜溜球
- **puzzle** 拼圖
- **spinning-top** 陀螺
- **toy plane** 玩具飛機
- **wooden toy** 木頭玩具
- **robot** 機器人
- **rocking horse** 搖搖馬
- **puppet** 木偶
- **Rubik's Cube** 魔術方塊

和孩子一起玩積木⋯⋯　　　　　　　　　　🎧 Track 137

Kid:	**Daddy, play with me.**	爸爸，跟我玩。
Dad:	**OK. Do you want to play with the building bricks?**	好啊。你要玩積木嗎？
Kid:	**Yes! I like playing building bricks.**	好啊！我喜歡玩積木。
Dad:	**What do you want to build?**	你想要蓋什麼呢？
Kid:	**I want to build a big house.**	我想要蓋一個大房子。
Dad:	**Let's make a base for the house.**	我們來做一個房子的地基吧。
Kid:	**I can do it!**	這個我會！

文法解析 表示「我喜歡～」，可以用「人+ like + 動詞ing」的句型，例如「I like playing building bricks.」（我喜歡玩積木。）、「I like playing hide and seek.」（我喜歡玩捉迷藏。）等等。

還可以這麼說！ 　🎧 Track 138

★Play with me. 跟我玩。

★Can we play? 我們來玩好嗎？

★I want to play with the dolls. 我想玩娃娃。

★Let's play hide and seek. 我們來玩捉迷藏。

情境對話 2

玩累了想休息……

🎧 Track 139

Kid:	Come on. Daddy, let's fight!	快點，爸爸，我們來打仗！
Dad:	Daddy cannot fight anymore.	爸爸打不動了。
Kid:	So, I am the winner?	所以我獲勝了？
Dad:	You are the winner of this round.	這一回合你贏了。
Kid:	I am the winner!	我是勝利者！
Dad:	OK. Let's take a break and have some desserts.	好。我們休息一下，吃些點心吧。

文法解析　要表達「再也無法～了」，可以用「人＋ cannot ＋ 動詞 ＋ anymore.」，例如：「I cannot fight anymore.」（我打不動了。）、「I cannot walk anymore.」（我走不動了。）等等。

還可以這麼說！

🎧 Track 140

★I can't play anymore. 我玩不動了。

★I am tired. 我累了。

★I need a rest. 我得休息一下。

★Who's the winner? 誰獲勝？

★You are the winner. 你獲勝了。

163

TV Time
⟹ 一起看電視

寓教於樂這樣做

　　跟孩子一起看電視，可以瞭解他喜歡看的電視節目主題，增加「topics for conversation」（聊天主題），並且「narrow the generation gap」（減少代溝）。同時，也可以教導一些「media literacy」（媒體識讀）的基本概念，跟孩子討論怎麼樣選擇電視節目喔！

活動1：**什麼**時間**看什麼**節目

　　平常可以跟孩子約定好「TV time」（看電視的時間），說好哪個時段看什麼節目，如「Cartoon Time: 6:00 p.m. ~ 7:00 p.m.」（卡通時間：晚上六點到晚上七點）、「Drama Time: 8:00 p.m. ~ 9:00 p.m.」（連續劇時間：晚上八點到晚上九點）等，節目的英文說法可以參考列出的單字。

活動2：看電視**要**注意

　　開始看電視的時候，可以先提醒一些看電視的注意事項，如「Don't

sit too close to the TV.」（不要坐離電視太近。）、「We can watch TV until 8 o'clock today.」（我們今天可以一起看電視到八點。）等等。

活動3：心得感想**要交流**

一起看電視的時候，可以用一些簡單的句型跟孩子交換心得，如「That's funny!」（那很好笑耶！）、「That's too exaggerated!」（那太誇張了！）等。最後也可以跟孩子說「It's time to turn off the TV. Tomorrow is the cartoon day. We can watch TV together again!」（該是時候關掉電視了。明天是卡通日。我們可以再一起看電視！），藉此讓孩子感到期待。

相關單字看這裡

- **TV show** 電視節目
- **cartoon** 卡通
- **animate movie** 動畫電影
- **drama** 連續劇
- **soap operas** 肥皂劇
- **TV series** 影集
- **talent show** 選秀節目
- **reality show** 實境節目
- **quiz show** 益智節目
- **talk shows** 談話性節目
- **game shows** 競賽類節目
- **variety shows** 綜藝節目
- **news** 新聞
- **sit-com** 情境喜劇
- **movie channels** 電影頻道
- **shopping channels** 購物頻道
- **sports channels** 運動頻道
- **couch potato** 成天在沙發上看電視的人
- **near-sighted** 近視

情境對話 1

看電視的時候……

Track 141

Mom:	You are sitting too close to the TV.	你坐得離電視太近了。
Kid:	Alright. I'll sit on the sofa.	好啦。我會坐在沙發上。
Mom:	You are hurting your eyes.	你這樣是在傷害你的眼睛。
Kid:	I know. Mom, do you want to watch it with me?	我知道。媽媽,你要跟我一起看嗎?
Mom:	OK. What are you watching?	好啊。你在看什麼呢?
Kid:	It's my favorite cartoon.	這是我最喜歡的卡通。
Mom:	It's very interesting.	好有趣喔。

文法解析

要邀請家人一起從事一個活動,可以用「Do you want to ~ with me?」的句型,例如「Do you want to watch TV with me?」(你要跟我一起看電視嗎?)、「Do you want to listen to music with me?」(你要跟我一起聽音樂嗎?)等等。

還可以這麼說!
Track 142

★You are too close to the TV. 你離電視太近了。

★Go sit on the sofa. 去坐在沙發上。

★Did you hear me? 你有聽到我說話嗎?

★It is my favorite program. 這是我最喜歡的節目。

情境對話 **2**

該關電視了……

🎧 Track 143

Dad:	You are watching too much TV.	你看太多電視了喔。
Kid:	Let me finish my favorite cartoon!	讓我看完我最喜歡的卡通！
Dad:	We had a deal. One hour of TV per day.	我們講好了。每天只看一個小時的電視。
Kid:	It's almost over.	快要演完了。
Dad:	I am turning off the TV.	我要把電視關掉了。
Kid:	Please let me finish it.	拜託讓我看完。

文法解析

要表達「我要～囉」，有點警告的意思，可以用現在進行式的「I am 動詞ing」的句型來表達，例如：「I'm turning off the TV.」（我要關掉電視囉。）、「I am cutting off the Internet connection.」（我要把網路連線切掉囉。）、「I am putting the Gameboy away.」（我要把電動玩具收起來囉。）等等。

還可以這麼說！ 🎧 Track 144

★You watch too much TV. 你看太多電視了。
★I just started. 我才剛開始看。
★I am turning off the TV right now. 我現在就要把電視關掉了。
★Turn it off. 把它關掉。
★Right now! 立刻！
★Did you hear what I said? 有聽到我說的嗎？
★I'm going to count to three. 我數到三。

Handicrafts
➡ 一起做勞作

寓教於樂這樣做

在家和孩子一起做勞作，不僅可以促進親子關係，也可以幫孩子訓練手眼協調，只要簡單的道具就可以進行！

💡活動1：色紙**可以摺什麼**

「color paper」（色紙）是勞作時常常使用到，也很容易取得的道具，可以和孩子一起摺「paper airplane」（紙飛機）或是「paper boat」（紙船），也可以在過程中用英文來講解步驟，如「Fold the paper into half.」（把紙對折。）、「Fold the corner.」（摺起邊角。）等，也可以參考列出的單字，看看還有哪些動作喔！

💡活動2：這些道具**也能用**

除了色紙外，也可以參考列出的單字，教孩子勞作時會使用的道具的英文怎麼說，如「scissors」（剪刀）、「glue」（膠水）、

「white glue」（白膠）、「clay」（黏土）、「tape」（膠帶）、「crayon」（蠟筆）等。

活動3：勞作實際用用看

完成作品之後，可以和小孩用作品玩遊戲，如可以用紙飛機來比賽「Whose plane is faster?」（誰的飛機飛得比較快？）、「Whose plane flies farther?」（誰的飛機飛得比較遠？）等，一起和孩子度過愉快的時光！

相關單字看這裡

- **cut** 剪
- **paste** 貼
- **color** 著色
- **fold** 摺
- **tie** 綁
- **tear** 撕
- **color paper** 色紙
- **scissors** 剪刀
- **glue** 膠水；黏起來
- **glue stick** 口紅膠

- **white glue** 白膠
- **clay** 黏土
- **tape** 膠帶
- **cardboard** 厚紙板
- **rubber band** 橡皮筋
- **crayon** 蠟筆
- **colored pen** 彩色筆
- **marker** 麥克筆
- **paper airplane** 紙飛機
- **paper boat** 紙船

情境對話 1

開始做勞作……

🎧 Track 145

Kid:	Mummy, what is that in your hands?	媽媽，你手上的是什麼啊？
Mom:	**This is a color paper.**	這是一張色紙啊。
Kid:	What is that for?	那是要做什麼用的呢？
Mom:	**I can make a plane out of this paper.**	我可以用這張紙做一架飛機喔。
Kid:	Really? Show me!	真的嗎？做給我看！
Mom:	**Watch carefully. Tada! A plane!**	仔細看喔。登登！一架飛機！
Kid:	It's like magic! Can you teach me?	好像魔術喔！可以教我嗎？
Mom:	**Sure.**	當然啊。

文法解析

要問「在（某處）的是什麼東西啊」，可以用「What's that + 介系詞片語」的句型，例如「What's that in your hands?」（你手上的是什麼東西啊？）、「What's that in your bag?」（你的袋子裡面是什麼啊？）等等。

還可以這麼說！ 🎧 Track 146

★Show me the steps! 做給我看！
★Follow the steps. 依照這個步驟做。
★Watch my movement. 看看我的動作噢。
★Teach me how to do it. 教我怎麼做。
★Do as I do. 照著我做。

要注意安全……

🎧 Track 147

Dad:	**Be careful with the scissors.**	用剪刀要小心喔。
Kid:	**Why?**	為什麼？
Dad:	**You don't want to hurt yourself.**	因為你不想要弄傷你自己啊。
Kid:	**Am I using them right?**	我這樣用對嗎？
Dad:	**Yes. Keep your eyes on the scissors.**	沒錯。眼睛要看著剪刀喔。
Kid:	**Don't worry. I won't cut my fingers.**	別擔心，我不會剪到手指頭的。

文法解析

表達「要注意～」，可以用「Keep your eyes on～」的句型，例如：「Keep your eyes on the scissors.」（眼睛要看著剪刀。）、「Keep your eyes on the knife.」（眼睛要看著刀子。）等等。

還可以這麼說！ 🎧 Track 148

★**Be careful with the needle.** 用針時要小心。
★**Don't cut your fingers.** 別剪到你的手指頭。
★**Fold it up.** 把它對折。
★**Fold it twice.** 對折兩次。
★**Glue them up.** 把它們黏起來。
★**Color it red.** 把它塗上紅色。
★**Cut out a circle.** 剪出一個圓形。

Reading Time

⇛ 一起閱讀

寓教於樂這樣做

　　孩子容易被故事吸引，和孩子一起閱讀能有效增進親子關係，如果可以配合圖片和文字，加入「dramatic」（戲劇化）的語氣，一邊念一邊「acting」（演），更可以吸引孩子閱讀的興趣喔！

活動1：**故事裡有哪些**角色

　　「fairy tale」（童話故事）中，常常出現「prince」（王子）、「princess」（公主）、「witch」（巫婆）這些角色，可以參考列出的單字，跟孩子介紹這些常常出場的人物，等孩子對人物有一定的瞭解後，可以更快進入故事情境喔！

活動2：**用**問題**來引導**

　　唸故事的時候，可以配合書上的圖片或進行中的劇情，來問孩子一些簡單的問題，引導孩子思考，如「Are the three pigs brothers?」

（三隻小豬是兄弟嗎？）、「Is the little pig smart?」（小豬聰明嗎？）等問題。

活動3：看圖說故事

除了由爸爸媽媽唸故事外，也可以讓孩子看著圖片自由發揮，如指著圖案問孩子「What happened?」（發生了什麼事）、「What are they doing?」（他們在做什麼？），藉此讓孩子盡情發揮想像力。

相關單字看這裡

- **prince** 王子
- **princess** 公主
- **king** 國王
- **queen** 王后
- **witch** 巫婆
- **fold** 摺
- **fairy** 小仙子、小精靈
- **elf** 小妖精
- **dwarf** 小矮人

- **giant** 巨人
- **werewolf** 狼人
- **vampire** 吸血鬼
- **mermaid** 人魚
- **farmer** 農夫
- **woodcutter** 樵夫
- **hunter** 獵人
- **fairy tale** 童話故事
- **storybook** 故事書

一起讀童話故事……　　　　　　　　　　　　🎧 Track 149

Mom:	It's story time!	故事時間到囉！
Kid:	**Which storybook are we reading?**	我們要讀哪一本故事書呢？
Mom:	We are reading Three Little Pigs.	我們要讀《三隻小豬》。
Kid:	**Are they brothers?**	牠們是兄弟嗎？
Mom:	Yes. What are they doing?	是啊。他們在做什麼呢？
Kid:	**They are building houses.**	他們在蓋房子。
Mom:	Exactly. And the story begins...	沒錯。故事開始囉……

要問「哪一個～」可以用「Which」開頭的問句，例如「Which storybook are we reading?」（我們要讀哪一本故事書呢？）、「Which story do you like the best?」（你最喜歡哪個故事呢？）等等。

還可以這麼說！　　🎧 Track 150

★Let's read this book. 我們來讀這本書。

★What's it about? 是關於什麼的書？

★Let's open the book. 把書打開吧。

★And the story goes ... 故事開始囉……

情境對話 **2**

故事裡發生了什麼事……　　　　　🎧 Track 151

Mom:	Let's turn the page.	我們翻頁吧。
Kid:	Wow! A big wolf!	哇！大野狼！
Mom:	Yeah. It's a big evil wolf.	沒錯。這是一隻很壞的大野狼。
Kid:	What's he going to do?	牠要做什麼？
Mom:	He blew down the house!	牠把房子吹倒了！
Kid:	Oh, no! Run, Pigs, run!	噢，不！跑啊，小豬們，快跑啊～
Mom:	That's right. The two pigs start running.	沒錯。兩隻小豬開始跑。

文法解析

要表達「開始做某件事」，可以用「start + 動詞ing」或者「start + to 動詞」來表達，例如：「The two pigs start running.」（兩隻小豬開始跑。）、「They start to argue.」（他們開始吵架。）等等。

還可以這麼說！　　🎧 Track 152

★Turn to the next page. 翻到下一頁。
★What's happening? 發生什麼事了？
★What can we see on this page? 這一頁我們看到了什麼？
★Can we read it all over again? 我們可以從頭再讀一次嗎？
★Let's read it again. 我們再讀一次吧。
★I want to read another book. 我要讀另一本書。
★Let's read it together. 我們一起讀這本書吧。

Unit 6

Board Games

⟹ 一起玩桌遊

寓教於樂這樣做

　　和孩子一起玩簡單的桌遊時，可以透過講解以及跟孩子一起遵守「game rules」（遊戲規則），全家一起享受美好的時光，也可以藉此訓練孩子的邏輯思考能力喔！

💡活動1：有哪些桌遊可以玩？

　　現在市面上有很多不同的桌遊可以選擇，參考列出的單字，一一向孩子們介紹吧！常見的桌遊有：「Monopoly」（大富翁）、「chess」（西洋棋）、「Chinese chess」（象棋）、「checkers」（跳棋）、「Bingo」（賓果）等，也有很多用「cards」（撲克牌）玩的遊戲，如「slapjack」（心臟病）、「solitaire」（接龍）等。

💡活動2：遊戲規則要記得

　　在玩遊戲的過程中，可以用一點簡單的英文來提醒孩子遊戲的規

則，如「It's your turn.」（該你了。）、「Move your piece.」（移動你的棋子。）、「Don't cheat.」（不要作弊喔。）等。

活動3：玩遊戲也別忘複習

遊戲玩到一個段落時，可以在算分的過程中複習相關的單字，如玩大富翁時，可以用英文說「I own the rail road.」（鐵路是我的。）、「This is my property.」（這是我的財產）、「Please pay the tolls.」（請付過路費。）等等。

相關單字看這裡

- **board game** 桌遊
- **Monopoly** 大富翁
- **chess** 西洋棋
- **Chinese chess** 象棋
- **checkers** 跳棋
- **gobang** 五子棋
- **Bingo** 賓果
- **tic-tac-toe** 井字遊戲
- **hangman** 吊死鬼
- **crossword puzzle** 拼字遊戲
- **scrabble** 多人拼字遊戲
- **card game** 紙牌遊戲
- **cards** 撲克牌
- **slapjack** 心臟病
- **solitaire** 接龍
- **Big Two, Deuces** 大老二
- **blackjack** 二十一點

情境對話**1**

一起玩遊戲......

Track 153

Dad:	What shall we play today?	我們今天要玩什麼？
Kid:	How about Monopoly?	玩「大富翁」好嗎？
Dad:	Good choice. I like the game.	挑的好。我喜歡這個遊戲。
Kid:	Mom, come join us.	媽媽，跟我們一起玩。
Mom:	OK. I want the green mover.	好啊。我要綠色的。
Kid:	Let's roll the dice and decide who goes first.	我們來擲骰子，決定誰先。
Mom:	OK. Let's start.	好。開始吧。

文法解析 要給提議，說「～如何」，可以用「How about + 名詞」的句型，例如「How about Monopoly?」（玩「大富翁」如何？）、「How about Snake and Ladders?」（玩「蛇梯棋」如何？）等等。

還可以這麼說！ Track 154

★Please join us. 請跟我們一起玩。

★We have to take turns. 我們必須輪流。

★I want the red mover. 我要紅色的移動棋。

★Roll the dice. 擲骰子。

★Let's play cards. 我們來玩牌吧！

情境對話 2

玩大富翁時……

🎧 Track 155

Dad:	The card says "Jail." What does it mean?	卡片上面寫「監牢」。這是什麼意思？
Kid:	**You go to jail and lose a turn.**	你要去坐牢，而且暫停一次。
Dad:	**Oh, no!**	噢，不！
Kid:	**It's my turn. Twelve steps forward.**	該我了。向前走12步。
Mom:	**It's my property. Please pay the tolls.**	這是我的房產。請付過路費。
Kid:	**Here you go.**	給你。

文法解析 要表達「這個給你」，可以用「Here + 代名詞 + 動詞」的句型來表達，例如：「Here you are.」、「Here you go」、「Here it is.」等等。

還可以這麼說！

🎧 Track 156

★**Who goes first?** 誰先？
★**You lose a turn.** 你要暫停一次。
★**It's your turn to roll the dice.** 該你擲骰子了。
★**Move your piece forward.** 把你的棋子往前移。
★**Who's next?** 該誰了？
★**It's not fair.** 不公平。
★**It doesn't count.** 這次不算。
★**Let's play it again!** 再玩一次！

Cook Together

一起下廚做點心

寓教於樂這樣做

　　偶爾可以和孩子一起在家裡做一些簡單的小點心，雖然成品不見得賣相很好，但只要步驟不出錯就能入口，孩子親手做出來的點心，一定可以讓他們很有成就感！

活動1：可以做哪些點心？

　　可以參考列出的單字，選擇一些簡單的小點心和孩子一起製作，如「pudding」（布丁）、「panna cotta」（乳酪）、「jelly」（果凍）、「cookie」（餅乾）、「doughnut」（甜甜圈）等。

活動2：會用到哪些材料？

　　要製作點心，就要事先準備材料，可以參考列出的單字，和孩子一起認識各種材料，如「egg」（雞蛋）、「butter」（奶油）、「sugar」（糖）、「flour」（麵粉）、「milk」（牛奶）等。

💡活動3：步驟**要做對**

在製作點心時，也可以試著用英文來說明不同步驟，如做餅乾的時候可以說「Mix the ingredients.」（混合材料。）、「Shape the dough.」（把麵團塑形。）、「Watch the oven.」（顧著烤箱。）等等。

相關單字看這裡

- **pudding** 布丁
- **panna cotta** 乳酪
- **jelly** 果凍
- **cookie** 餅乾
- **bread** 麵包
- **doughnut** 甜甜圈
- **ingredient** 材料
- **egg** 雞蛋
- **butter** 奶油
- **sugar** 糖

- **flour** 麵粉
- **dough** 麵團
- **milk** 牛奶
- **mix** 混合
- **shape** 塑形
- **stir** 攪拌
- **pour** 倒
- **bake** 烤
- **oven** 烤箱

情境對話 **1**

一起做餅乾……　　　　　　　　　　　　　🎧 Track 157

Kid:	Mummy, what are you doing?	媽媽，你在做什麼？
Mom:	I am making cookies.	我在做餅乾啊。
Kid:	I'd like to help.	我想幫忙。
Mom:	That's very nice of you.	你真好。
Kid:	What can I do?	我能做什麼呢？
Mom:	Mix the egg with the flour.	把蛋和麵粉混在一起。

文法解析

表示「你真好～」，可以用「That's very + 形容詞 + of + 人。」的句型，例如「That's very nice of you.」（你真好。）、「That's very generous of you.」（你真大方。）等等。

還可以這麼說！　　🎧 Track 158

★I want to help. 我想幫忙。

★What can I do to help? 我可以做什麼幫助呢？

★Can you help me bake a cake? 可以幫我烤蛋糕嗎？

★Let's bake some cookies. 我們來烤餅乾吧。

情境對話2

耐心等完成……

Track 159

Mom:	Now let's put them into the oven.	現在我們要把他們放進烤箱了。
Kid:	Why?	為什麼？
Mom:	We need to bake them.	我們要烤它們啊。
Kid:	How long should we bake them?	應該要烤多久呢？
Mom:	About 20 minutes. Can you watch the time?	大概20分鐘吧。你可以看著時間嗎？
Kid:	OK. I can't wait to have the cookies!	好。我等不及要吃餅乾了！

文法解析

要表達「～要多久？」，可以用「How long + 助動詞 + 人 + 動詞？」的句型來表達，例如：「How long should we bake them?」（我們要烤多久呢？）、「How long should we wait?」（應該要多久呢？）等等。

還可以這麼說！

Track 160

★Stir it slowly. 要慢慢攪拌。
★Put the milk into the bowl. 把牛奶倒進碗裡。
★Add some sugar. 加一點糖。
★Put all the flour into the bowl. 把所有麵粉倒進碗裡。
★Melt the butter. 把奶油融化。
★We need three eggs. 我們需要三顆蛋。
★Put it in the oven. 把它放進烤箱裡。
★Keep it in the fridge. 把它放在冰箱裡。

Outdoor Activities
戶外活動

Taking Photos

⇒ 拍照

寓教於樂這樣做

　　拍照可以記錄親子活動留下美好回憶，不過有些孩子不喜歡乖乖配合，反而很愛「make a face」（扮鬼臉），或者「pull a long face」（擺臭臉），但就算是怪表情，也都是孩子成長的紀錄！

活動1：拍照相關單字有哪些

　　想要讓孩子喜歡上拍照，就要讓孩子瞭解照片怎麼拍，參考列出的單字，一起和孩子認識拍照的相關單字吧！如「camera」（相機）、「lens」（鏡頭）、「selfie stick」（自拍棒）、「tripod」（腳架）等，都是拍照時常常會提到的單字！

活動2：拍照時說什麼

　　要讓孩子看鏡頭時，可以說「Look at Mommy.」（看媽媽這邊。）、「Look at Daddy.」（看爸爸這邊。），以免孩子不知道要

看哪邊。另外，要讓孩子露出微笑時，可以說「Say "Cheese."」
（說「Cheese。」）。

💡活動3：回味生活照

　　平常可以把一些孩子的「daily photos」（生活照）放在「photo album」（相簿）裡，時時拿出來一起回味，也可以問問孩子「What did we do at that time?」（我們那時候在做什麼？）、「How did you feel then?」（你當時感覺如何？）等等，藉此一起回憶當時發生了什麼事。

相關單字看這裡

- **camera** 相機
- **lens** 鏡頭
- **delighted** 高興的
- **selfie stick** 自拍棒
- **tripod** 腳架
- **shutter** 快門
- **pixel** 畫素
- **resolution** 解析度
- **filter** 濾鏡

- **blurry** 模糊
- **brightness** 亮度
- **zoom** （畫面）拉近或拉遠
- **photographer** 攝影師
- **take a picture** 拍照
- **daily photo** 生活照
- **photo album** 相簿
- **film** 影片

情境對話**1**

幫孩子拍照……

🎧 Track 161

Mom: Look at Mommy.	看媽媽。
Kid: Why?	為什麼？
Mom: I'm taking a picture of you.	我要幫你拍照啊。
Kid: I don't like taking pictures.	我不喜歡拍照。
Mom: Come on. Just one picture. Say "cheese."	好啦，就拍一張。説「起司」。
Kid: Alright. Cheese.	好吧。起司。
Mom: You look great. Look! It's a nice photo.	你看起來很棒。你看！這張照得很好。

 文法解析

表達「你看起來很～」，可以用「You look + 形容詞」的句型，例如「You look great.」（你看起來很棒。）、「You look very energetic.」（你看起來很有精神。）、「You look wonderful.」（你看起來狀況很好。）等等。

還可以這麼說！ 🎧 Track 162

★Look at me. 看我。

★Smile! 笑一下！

★I'm taking a picture. 我在拍照。

★I don't want to take pictures. 我不想拍照。

★You see. It's a nice photo. 你看。這張拍得很棒。

情境對話2

一起拍照時……

🎧 Track 163

Dad:	Do you want to take a picture with Teddy Bear?	你想要跟泰迪熊一起拍照嗎？
Kid:	Sure.	好啊。
Dad:	Let's take a selfie, too.	我們也自拍一張吧。
Kid:	Should I look at the camera?	我應該看著相機嗎？
Dad:	Yes. Here. Take a look of the photo.	嗯。來。看一下照片。
Kid:	Oh! It's too blurry.	噢！太糊了吧。
Dad:	Sorry. I had a shaky hand.	抱歉。我手抖了。

文法解析

要表達「來看一下～吧」可以用「Take a look of ～」。例如「Take a look of the photo.」（來看一下這張照片。）、「Take a look of the sign.」（來看一下這個標語。）等等。

還可以這麼說！ 🎧 Track 164

★I want a picture with you. 我想跟你拍一張照。

★It's blurry. 很模糊耶。

★Let's do it again. 我們再拍一次。

★Let's take a selfie. 我們來自拍一張。

★Great pose. 很棒的姿勢。

189

Outings

踏青郊遊

寓教於樂這樣做

　　整天悶在家裡，孩子無處放電就容易鬧得爸爸媽媽雞犬不寧，所以適時帶孩子出去玩吧！跟孩子一起出外踏青，不只可以感受自然芬多精，還可以增進彼此的感情，留下美好的回憶喔！

活動1：去哪裡玩什麼

　　和孩子一起決定要去哪裡和做些什麼時，可以準備兩張紙，分別畫上圓餅圖或九宮格，其中一張寫上三、四個活動，如「flower viewing」（賞花）、「birdwatching」（賞鳥）、「hiking」（登山）等。另外一張紙上寫上三、四個地點，如「botanical garden」（植物園）、「Yangmingshan」（陽明山）、「Xiziwan」（西子灣）等，地點也記得根據居住地區更換喔！

💡 **活動2：認識郊遊相關的單字**

　　參考列出的郊遊相關英文單字，和孩子一起郊遊時可能會使用到的單字吧！除了要帶在身上的「backpack」（背包）、「mountain stick」（登山杖），還可以學習「squirrel」（松鼠）、「blossom」（開花）等景物與動物喔。

💡 **活動3：我們出發吧**

　　都準備好之後，就可以跟小孩説「Let's go to Yangmingshan for flower viewing.」（我們去陽明山賞花吧。），然後和孩子一起出門！

相關單字看這裡

- **flower viewing** 賞花
- **birdwatching** 賞鳥
- **picnic** 野餐
- **outing** 郊遊
- **hiking** 登山
- **botanical garden** 植物園
- **backpack** 背包
- **mountain stick** 登山杖
- **water bottle** 水壺

- **squirrel** 松鼠
- **tree** 樹
- **flower** 花
- **blossom** 開花
- **cherry blossom** 櫻花
- **rock** 石頭
- **pavilion** 涼亭
- **trail** 小徑

邀請孩子一起出門……　　　　　　　🎧 Track 165

Dad:	**It's a perfect day for an outing.**	今天天氣適合出遊。
Kid:	**Daddy, where are we going?**	爸爸，我們要去哪裡呢？
Dad:	**We are going to Yangmingshan for flower viewing.**	我們要去陽明山賞花。
Kid:	**That sounds boring.**	聽起來很無聊。
Dad:	**It doesn't. The air is fresh there.**	不會啦！那裡空氣很新鮮。
Kid:	**OK. I hope the view is good, too.**	好吧。我希望那裡風景也很好。

文法解析

要跟小孩說明出遊的地點和活動，可以用「We are going to + 地點 + for + 活動」的句型，例如「We are going to Yangmingshan for flower viewing.」（我們要去陽明山賞花。）、「We are going to the botanical garden for birdwatching.」（我們要去植物園賞鳥。）等等。

還可以這麼說！　🎧 Track 166

★**Let's go on an outing.** 我們出遊去吧！

★**It's a perfect day for a picnic.** 今天天氣很適合野餐。

★**The air is clean.** 空氣很乾淨。

★**Take a deep breath.** 做個深呼吸吧。

情境對話 **2**

走到半路累了時……

Track 167

Kid:	I can't walk anymore.	我走不動了。
Dad:	Let's go to the pavilion for a break.	我們到亭子那裡休息一下吧。
Kid:	I am so thirsty.	我好渴喔。
Dad:	Take out your water bottle.	把你的水壺拿出來啊。
Kid:	I am a little hungry, too.	我也有點餓。
Dad:	You can have a sticky rice ball. Here you go.	你可以吃一個飯糰。拿去吧。

文法解析

如果要表示「再也無法～了」，可以用「I can't + 動詞原形 + anymore.」的句型，例如「I can't walk anymore.」（我走不動了。）、「I can't stand it anymore.」（我再也無法忍受了。）等等。

還可以這麼說！

Track 168

★I am so tired.　我好累喔。

★I can't walk any longer.　我走不動了。

★Let's take a break.　我們休息一下吧。

★I need a rest.　我得休息一下。

★There's a pavilion.　那裡有個涼亭。

★I've got something to eat.　我這裡有東西吃。

Park

→ 公園

寓教於樂這樣做

如果沒有辦法撥出一整天的時間出外踏青，也可以就近帶孩子在附近的公園放電，順便認識公園的遊樂設施喔！

活動1：公園的遊樂設施有哪些

參考列出的單字，可以在帶孩子去公園逛逛時用英文跟他介紹遊樂設施，如「slide」（溜滑梯）、「swing」（鞦韆）、「see-saw」（翹翹板）、「jungle gym」（攀爬架）、「sandpit」（沙坑）。

活動2：在公園玩要注意

孩子在公園玩時，要提醒他注意「Watch your feet.」（小心腳。）、「Take turns.」（輪流玩。）、「Wait in line.」（排隊）等，注意安全並遵守玩遊戲的設施禮儀，就能享受愉快的遊樂時光！

活動3：**時間到了要回家**

要事先跟孩子約好玩多久，如「We can play only for thirty minutes. Is it OK with you?」（我們只能玩三十分鐘喔，這樣你覺得可以嗎？），等時間到了就要提醒孩子「It's time to go home! We can come again tomorrow.」（該回家囉！我們可以明天再來。）。

相關單字看這裡

- **slide** 溜滑梯
- **swing** 鞦韆
- **see-saw** 翹翹板
- **jungle gym** 攀爬架
- **monkey bars** 兒童攀爬架
- **hiking** 登山
- **sandpit** 沙坑
- **rocking horse** 搖搖馬
- **spring rider** 彈簧搖馬
- **balance beams** 平衡木
- **fountain** 噴泉
- **meadow** 草地
- **bench** 長椅
- **litter bin** 垃圾桶
- **playground** 遊樂場

請孩子排隊……　　　　　　　　　　　　　🎧 Track 169

Kid:	I want to play on the swing.	我想玩盪鞦韆。
Dad:	**You need to take turns with others.**	你要和其他小朋友輪流玩。
Kid:	I want to play now.	我現在就想玩。
Dad:	**You have to wait in line.**	你要排隊啊！
Kid:	Or I can play something else.	還是我玩其他的。
Dad:	**That's fine.**	也可以。

文法解析

提醒小孩一些基本的規則或禮儀，可以用「You have to ＋動詞原形」的句型，例如「You have to wait in line.」（你要排隊。）、「You have to take turns with other kids.」（你要和其他的小朋友輪流。）等等。

還可以這麼說！　　🎧 Track 170

★You need to take turns. 你們得輪流玩。

★You have to wait in line. Remember? 你得排隊。記得嗎？

★You can play something else first. 你可以先玩別的。

★We can come back for this later.
　我們可以等等再回來玩這個。

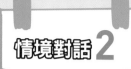

情境對話 2

該回家了……

🎧 Track 171

Dad:	It's time to go home!	該回家囉！
Kid:	No! I don't want to go home yet.	不要！我還不想回家。
Dad:	You promised to play for only twenty minutes.	你答應只玩二十分鐘的。
Kid:	I want to play more.	我還想要玩。
Dad:	But it's getting dark.	但是天要黑了。
Kid:	Can we come again tomorrow?	我們明天可以再來嗎？
Dad:	Yes. I promise.	可以。我答應你。

文法解析

提醒小孩時間很晚了，可以用「It's getting + 形容詞」的句型，例如「It's getting dark.」（天要黑了。）、「It's getting late.」（時間晚了。）等等。

還可以這麼說！ 🎧 Track 172

★Five more minutes? 再五分鐘好嗎？

★I'm going home. 我要回家囉。

★We can come again tomorrow. 我們可以明天再來。

★Okay. I promise you. 好。我答應你。

★It's getting late . 時間晚了。

Picnics

→ 野餐

寓教於樂這樣做

　　天氣好的時候，可以挑一個景觀好的地方，帶著孩子出門一起去野餐，不過在出門之前，要提醒孩子一些事情喔！

活動1：野餐**要**帶什麼**好**

　　可以參考列出的單字，如「picnic basket」（野餐籃）、「picnic blanket」（野餐墊），以及「sandwiches」（三明治）、「cracker」（餅乾）、「drink」（飲料）、「chips」（洋芋片）這一類的「picnic food」（野餐食物），來列出一張準備野餐前的「check list」（確認清單）。

活動2：出發**野餐去**

　　都準備好之後，就可以跟孩子説「Let's go for a picnic!」（我們去野餐吧！），期待已久的孩子可以歡欣鼓舞地説「I really can't wait!」（我已經等不及啦！）。

活動3：**野餐**注意事項

　　野餐時可以注意孩子的狀況，適時提醒他注意事項，如「Watch your steps.」（注意步伐。）、「Don't litter.」（不要亂丟垃圾。）、「Don't feed stray cats.」（不要餵食流浪貓。）、「Don't make noises.」（不要製造噪音）等，一起維護環境！

相關單字看這裡

- **picnic** 野餐
- **picnic basket** 野餐籃
- **picnic blanket** 野餐墊
- **picnic food** 野餐食物
- **sandwich** 三明治
- **cracker** 餅乾
- **drink** 飲料
- **chips** 洋芋片
- **snack** 點心

- **food storage container**
  保鮮盒
- **thermos bottles** 保溫杯
- **mosquito repellent**
  防蚊液
- **frisbee** 飛盤
- **kite** 風箏
- **paper towel** 紙巾
- **sunglasses** 太陽眼鏡
- **parasol** 陽傘

準備野餐去……

🎧 Track 173

Mom:	**It's a beautiful day.**	今天天氣真好。
Kid:	**Let's go for a picnic.**	我們去野餐吧。
Mom:	**Great idea!**	好主意！
Kid:	**I'll get the picnic blanket.**	我去拿野餐墊。
Mom:	**I'll make some sandwiches.**	我來做一些三明治。
Kid:	**I can't wait.**	我等不及了。

 文法解析

如果要表達「一起去從事某個活動」，可以用「Let's go for ~」的句型，例如「Let's go for a picnic.」（我們去野餐吧。）、「Let's go for a run.」（我們去跑步吧。）等等。

還可以這麼說！ 🎧 Track 174

★It's a beautiful day today. 今天天氣真好。

★Let's go for a picnic in the park. 我們去公園野餐吧。

★Let me get the picnic blanket. 我去拿野餐墊。

★I really can't wait. Let's go. 我真的等不及了。走吧。

情境對話 2

告訴孩子不可以餵食野生動物……

🎧 Track 175

Kid:	Daddy, look! There is a squirrel.	爸爸你看！有松鼠耶。
Dad:	**He wants to join us.**	牠想加入我們。
Kid:	Can I give him some food?	我可以給牠一些食物嗎？
Dad:	**Maybe some cookie crumbs.**	也許給牠一些餅乾屑吧。
Kid:	What about cheese?	那起司呢？
Dad:	**Absolutely not.**	絕對不行。

文法解析

要表示語氣比較強硬，可以用「Absolutely + 形容詞／副詞」的句型，例如「Absolutely not.」（絕對不行。）、「Absolutely yes.」（當然可以。）、「Absolutely right.」（沒錯。）等等。

還可以這麼說！ 🎧 Track 176

★**Let's have a picnic.** 我們來野餐吧。
★**A lovely day for a picnic.** 適合野餐的美好日子。
★**There's a bird.** 有隻鳥耶。
★**You can share your cookies.** 你可以分享你的餅乾。
★**Can I feed him?** 我可以餵他吃東西嗎？
★**I love picnics.** 我喜歡野餐。
★**We can do this more often.** 我們可以多來野餐。

Sports Park

→ 運動公園

寓教於樂這樣做

現在有很多「sports park」（運動公園），提供各種「outdoor facilities」（室外設施），讓爸爸媽媽帶孩子去活動筋骨，讓孩子嘗試各種運動。

活動1：**運動公園可以做什麼**

可以參考列出的單字，跟孩子介紹運動公園裡有的場地，如「boulder field」（攀岩訓練場）、「roller rink」（溜冰場）、「skate park」（溜滑板場地）等。在運動公園，可以從事很多活動，如「rock climbing」（攀岩）、「roller-skating」（溜直排輪）、「skateboarding」（溜滑板）等活動。

活動2：裝備**要齊全**

出發去運動公園前，也要跟孩子再三確認有沒有準備保護自

己的裝備，如「helmet」（安全帽）、「kneepad」（護膝）、「braces」（護腕）、「elbow support」（護肘）等裝備，安全第一！

活動3：簡單指令**這樣說**

和孩子一起在運動公園時，可以用簡單的英文給他指令，如「move froward」（前進）、「slow down」（慢下來）、「go backward」（後退）、「take a break」（休息一下），也別忘了適時給孩子鼓勵喔！

相關單字看這裡

- **outdoor facility** 室外設施
- **boulder field** 攀岩訓練場
- **roller rink** 溜冰場
- **skate park** 溜滑板場地
- **rock climbing** 攀岩
- **roller-skating** 溜直排輪
- **skateboarding** 溜滑板
- **caster boarding** 溜蛇板
- **basketball** 籃球
- **baseball** 棒球
- **badminton** 羽球
- **soccer** 足球
- **run** 跑步
- **warm up** 熱身
- **helmet** 安全帽
- **kneepad** 護膝
- **braces** 護腕
- **elbow support** 護肘

情境對話 1

到運動公園……

Track 177

Kid:	The sports park is so big!	運動公園好大啊！
Mom:	**There are many interesting facilities.**	有很多有趣的設施喔。
Kid:	What are those people doing?	那些人在做什麼呢？
Mom:	**They are roller skating.**	他們在溜直排輪。
Kid:	That looks a lot of fun.	那看起來很好玩。
Mom:	**Do you want to try?**	你想要試試看嗎？
Kid:	Yes! I want to join them.	想！我想要加入他們。

 文法解析

要表示「那看起來很～」，可以用「That looks~」的句型，例如「That looks a lot of fun.」（那看起來很好玩。）、「That looks exciting!」（那看起來很刺激！）等等。

還可以這麼說！

Track 178

★The park is not too crowded yet. 公園裡還沒有很多人。

★We are early. 我們很早來。

★I'm ready. 我準備好了。

★Wait for me! 等等我啊！

★That looks exciting! 那看起來很刺激。

情境對話 2

提醒孩子注意事項…… 🎧 Track 179

Kid:	I've got my roller skates. I'm ready to go.	我穿好直排輪鞋了。我準備好了。
Dad:	**Let me check. Do you have your helmet?**	我檢查一下。你有戴安全帽嗎？
Kid:	Yes. I'm wearing it.	有。我戴著。
Dad:	**What about your kneepads?**	那護膝呢？
Kid:	They're here.	在這裡。
Dad:	**OK. Be careful when you move forward.**	好。前進的時候小心一點。

文法解析

要表達「那麼～呢？」可以說「What about~?」例如「What about your kneepad」（那你的護膝呢？）、「What about your helmet?」（那你的安全帽呢？）等等。

還可以這麼說！ 🎧 Track 180

★**Looks like fun.** 看起來好像很好玩。
★**Do you want to try?** 你想試試看嗎？
★**Why not?** 好啊！
★**Do you want to join them?** 你想加入他們嗎？
★**Go join them.** 去加入他們呀！
★**Give it a try!** 試試看嘛！
★**It's fun.** 很好玩喔。
★**You can play with them.** 你可以跟他們一起玩啊。

Zoo

⟹ 動物園

寓教於樂這樣做

到動物園看到實際的動物，可以透過與動物面對面，讓孩子學習愛護生命的精神，同時也能練習英文喔！

活動1：**動物**有哪些

在去動物園之前，可以先問問看孩子有沒有特別想要看的動物，請參考列出的單字，一起和孩子認識不同動物的英文說法，如「lion」（獅子）、「elephant」（大象）、「zebra」（斑馬）、「tiger」（老虎）、「antelope」（羚羊）、「koala」（無尾熊）等，動物園的動物真的非常豐富呢！

活動2：**規劃**遊園順序

動物園分成「Giant Panda House」（貓熊館）、「Tropical Animal Area」（熱帶雨林區）、「Desert Animal Area」（沙漠動物

區）、「African Animal Area」（非洲動物區）、「Insect Valley」（昆蟲館）等場館，不同的動物在不同的區域，和孩子一起看動物園的地圖，一起規劃遊園順序吧！

活動3：逛動物園時要注意

除了看動物好可愛，也要提醒孩子們各種注意事項，如「Don't feed them, or they might get sick.」（不要餵食牠們，否則牠們可能會生病。）、「Don't bang onto the glass.」（不要拍打玻璃）、「No camera flash.」（拍照不要使用閃光燈。）等，既保護動物們，也可以給孩子機會教育。

相關單字看這裡

- **lion** 獅子
- **elephant** 大象
- **zebra** 斑馬
- **tiger** 老虎
- **antelope** 羚羊
- **koala** 無尾熊
- **giraffe** 長頸鹿
- **flamingo** 紅鶴
- **panda** 貓熊
- **kangaroo** 袋鼠
- **camel** 駱駝

- **peacock** 孔雀
- **turtle** 烏龜
- **Giant Panda House** 貓熊館
- **Tropical Animal Area** 熱帶雨林區
- **Desert Animal Area** 沙漠動物區
- **African Animal Area** 非洲動物區
- **Insect Valley** 昆蟲館

情境對話 **1**

孩子想看長頸鹿……

Mom:	Where shall we start?	我們該從哪邊開始呢？
Kid:	I want to see the giraffes.	我想看長頸鹿。
Mom:	They are in the African Animal Area.	牠們在非洲動物區。
Kid:	Let's go.	我們走吧。
Mom:	Do you see the giraffes?	你有看到長頸鹿嗎？
Kid:	Wow! They are so tall!	哇！牠們好高啊！

文法解析

看到動物，可以用「They are so~」的句型，例如「They are so tall!」（牠們好高啊！）、「They are so cute!」（牠們好可愛啊！）等等。

還可以這麼說！ 🎧 Track 182

★Where shall we begin? 我們該從哪開始好呢？

★I want to see the elephants. 我想看大象。

★Can you see the giraffes? 你可以看到長頸鹿嗎？

★They are so big. 牠們好大呀。

情境對話 **2**

提醒孩子注意事項……

🎧 Track 183

Kid:	**What do giraffes feed on?**	長頸鹿吃什麼呢？
Dad:	**They feed on the leaves of trees.**	他們吃樹葉。
Kid:	**Can I feed the giraffes with my bread?**	我可以餵長頸鹿吃我的麵包嗎？
Dad:	**I'm afraid not. Look at the sign.**	恐怕不行。你看那個標語。
Kid:	**What does it say?**	標語寫著什麼呢？
Dad:	**It says "Don't feed the animals."**	上面寫著「不要餵食動物。」
Kid:	**Why not?**	為什麼不行呢？
Dad:	**It may make them sick.**	那可能會使他們生病。

 文法解析

要表達「那可能會使他們～」可以用「That may make them + 形容詞」。例如「That may make them sick.」（那可能會讓他們生病。）、「That may make them scared.」（那可能會讓牠們害怕。）等等。

還可以這麼說！ 🎧 Track 184

★**Don't lean on the railings.** 不要靠在欄杆上。
★**Don't sit on the railings.** 不要坐在欄杆上。
★**Don't climb on the railings.** 不要爬到欄杆上。
★**Don't bang onto the glass.** 不要拍打玻璃。
★**Don't tap on the glass.** 不要敲打玻璃。
★**Don't scare the animals.** 不要嚇動物。
★**No camera flash.** 不要使用照相閃光燈。

Swimming Pool

游泳池

寓教於樂這樣做

炎炎夏日，帶孩子去游泳池是很好的消暑方式，游泳也是一項可以動到全身的運動，一起來學習跟游泳有關的英文會話吧！

活動1：游泳有裝備

在去游泳池之前，要先確定該帶的裝備都有帶喔！可以參考列出的單字，確保孩子有帶「cap」（泳帽）、「goggles」（泳鏡）、「swimsuit」（泳衣）、「swim trunks」（泳褲）、「swim ring」（游泳圈）、「towel」（浴巾）、「kickboard」（浮板）等。

活動2：游泳前要暖身

下水游泳之前，一定要記得「warm up」（暖身）！可以和孩子一起做「stretch」（伸展）、「standing T's」（雙臂開合）、「arm circles」（手臂劃圈）、「forward bend」（向前彎曲）等動作，避

免抽筋發生危險。

💡活動3：**游泳時**有哪些動作

下水游泳，可以先讓孩子學習「breath in and breath out」（換氣）、「flutter kick」（打水），再學習「freestyle」（自由式）、「backstroke」（仰式）、「breaststroke」（蛙式）、「butterfly stroke」（蝶式）等泳姿。

相關單字看這裡

- **cap** 泳帽
- **goggles** 泳鏡
- **swimsuit** 泳衣
- **one-piece swimsuit** 一件式泳衣
- **two-piece swimsuit** 兩件式泳衣
- **swim trunks** 泳褲
- **swim ring** 游泳圈
- **swim vest** 游泳背心
- **earplugs** 耳塞
- **towel** 浴巾

- **kickboard** 浮板
- **nose clip** 鼻夾
- **flippers** 蛙鞋
- **flip-flops** 夾腳拖
- **breath in and breath out** 換氣
- **flutter kick** 打水
- **freestyle** 自由式
- **backstroke** 仰式
- **breaststroke** 蛙式
- **butterfly stroke** 蝶式

情境對話 1

檢查游泳裝備……　　　　　　　　　　🎧 Track 185

Dad:	Do you have your cap with you?	你有帶著泳帽嗎？
Kid:	Check!	有了！
Dad:	Are you wearing your goggles?	你有戴泳鏡嗎？
Kid:	I'm wearing them.	戴著。
Dad:	Where is your life buoy?	你的游泳圈呢？
Kid:	Here it is. I'm ready to swim.	在這裡啊。我準備好要游泳了。
Dad:	Not yet. Let's do some warm-up exercise first.	還沒。我們先做暖身運動吧。

文法解析

要問小孩「你的～帶了嗎？」，可以用「Do you have~with you?」的句型，例如「Do you have your goggles with you?」（你有帶著泳鏡嗎？）、「Do you have your life buoy with you?」（你有帶著游泳圈嗎？）等等。

還可以這麼說！　　🎧 Track 186

★**Ready to swim?**　準備可以游泳了嗎？

★**Your goggles?**　你的泳鏡呢？

★**All set?**　都準備好了嗎？

★**Get into the pool!**　到泳池裡去吧！

212

情境對話 2

提醒孩子暖身……

🎧 Track 187

Kid:	Daddy, can I get into the pool?	爸爸,我可以到泳池裡了嗎?
Dad:	Wait. Let's do some stretching first.	等等。我們先伸展一下。
Kid:	Why do we have to stretch?	我們為什麼要伸展呢?
Dad:	So you won't have a cramp.	那樣你才不會抽筋啊。
Kid:	OK. What should I do?	好。我應該怎麼做呢?
Dad:	First, swing your arms like I do.	首先,像我一樣擺動手臂。

文法解析

規勸小孩做事情的時候,小孩常會問「為什麼?」。「我們為什麼一定要~」,可以用「Why do we have to + 動詞原形」來表示,例如「Why do we have to stretch?」(我們為什麼一定要伸展?)、「Why do we have to wear the armbands?」(我們為什麼一定要戴臂圈?)等等。

還可以這麼說!　🎧 Track 188

★Do not pee in the pool. 不要在池裡尿尿。
★Use your kickboard. 用你的浮板。
★Grab on to the wall. 抓著牆。
★No running around the pool. 不要在池邊奔跑。
★No diving. 嚴禁跳水。
★No food or drink in the pool area. 泳池區域禁止飲食。

Beach

⇒ 海邊

寓教於樂這樣做

除了去泳池以外，去海邊也是消暑的好方法，有很多有趣的戲水活動，就算只是在沙灘上玩，也可以很好玩喔！

活動1：海上活動有哪些

在去海邊之前，可以參考列出的單字，如「surfing」（衝浪）、「banana boat」（香蕉船）、「jet skiing」（水上摩托車）、「snorkeling」（浮潛）、「kayaking」（划獨木舟）等。如果孩子年紀太小，也可以在沙灘上「build sandcastle」（堆沙堡）、「collect shells」（撿貝殼）等。

活動2：海邊有什麼

除了各種有趣的水上活動外，也可以參考列出的單字，先學習海邊會看到的景物的英文說法，如「beach」（沙灘）、「ocean」（海

洋）、「azure sky」（藍天）、「seagull」（海鷗）等。

活動3：一起堆沙堡

在堆沙堡的時候，需要「shovel」（鏟子）、「bucket」（桶子）、「mold」（模型）等工具，也可以找一些「seashells」（貝殼）、「pebbles」（小石頭）、「twigs」（樹枝）來裝飾。

相關單字看這裡

- **surfing** 衝浪
- **banana boat** 香蕉船
- **jet skiing** 水上摩托車
- **snorkeling** 浮潛
- **kayaking** 划獨木舟
- **beach volleyball** 沙灘排球
- **beach** 沙灘
- **ocean** 海洋
- **azure** 天藍色
- **seagull** 海鷗

- **sea wave** 海浪
- **sea breeze** 海風
- **starfish** 海星
- **seashell** 貝殼
- **shovel** 鏟子
- **bucket** 桶子
- **mold** 模型
- **pebble** 小石頭
- **twig** 樹枝

在沙灘玩時…… 🎧 Track 189

Kid:	**What are you building, Mom?**	你在堆什麼呢，媽媽？
Mom:	**A sandcastle. And you?**	一個沙堡啊。你呢？
Kid:	**I am building a sand snowman.**	我在堆一個沙雕雪人。
Mom:	**Look at my sandcastle! It's delicate.**	你看我的沙堡！很精緻吧。
Kid:	**Look at my sand snowman! It's cute.**	你看我的沙雕雪人！很可愛吧。
Mom:	**What a stylish sand snowman!**	真是一個很有型的沙雕雪人啊！

文法解析

要表示讚嘆「多麼～的～啊！」，可以用「What + a + 形容詞 + 名詞。」的句型，例如「What a stylish sand snowman!」（多麼有型的沙雕雪人啊！）、「What a delicate sand castle!」（多麼精緻的沙雕城堡啊！）等等。

還可以這麼說！ 🎧 Track 190

★**What are you making?** 你在堆什麼？

★**I am building a sandcastle.** 我在堆沙堡。

★**Let's build a sandcastle together!** 我們一起來堆個沙堡吧！

★**Look at my wonderful sand snowman!** 看我完美的沙雪人！

情境對話 **2**

堆沙堡時……

🎧 Track 191

Kid:	**Daddy, look!**	爸爸，你看！
Dad:	**What's that?**	那是什麼？
Kid:	**There is a pretty seashell.**	有一個漂亮的貝殼。
Dad:	**You can decorate your sand castle with it.**	你可以用這個貝殼裝飾你的沙雕城堡。
Kid:	**It's moving!**	它在動耶！
Dad:	**Oh, there is a hermit crab in it.**	噢，裡面有隻寄居蟹。

文法解析

要表達「用A裝飾B」可以說「decorate B with A」例如「You can decorate your sand castle with this seashell.」（你可以用這個貝殼裝飾你的沙雕城堡。）、「We can decorate our sand snowman with the bottle cap.」（我們可以用瓶蓋裝飾沙雕雪人。）等等。

還可以這麼說！ 🎧 Track 192

★It's a seashell. 這是個貝殼。

★It's pretty. 好漂亮喔。

★Just leave them on the beach. 把它們留在沙灘上。

★Don't bring them home. 別把它們帶回家。

★The hermit crabs need them. 寄居蟹需要它們。

Camping

➡ 露營

寓教於樂這樣做

　　露營是目前相當流行的親子活動。現在有很多設備齊全的營地，可以讓全家一起「get close to nature」（接近大自然），放假時也不會讓孩子一直在家「phubbing on the smartphone」（滑手機）。

💡活動1：**露營要**準備什麼

　　在去露營之前，可以參考列出的單字，看看露營需要那些裝備，如「backpack」（背包）、「tent」（帳篷）、「sleeping bag」（睡袋）、「folding chair」（摺疊椅）、「rope」（繩子）、「match」（火柴）、「repellent spray」（防蚊液）等。

💡活動2：**露營可以**做什麼

　　到達營地，可以讓孩子幫忙「build the tent」（搭帳篷）、「make the campfire」（生營火）、「barbecue」（烤肉）等，也可

以教孩子一些簡單的野外求生技巧。

💡活動3：**露營**回去時

露營可以和孩子一起好好享受大自然，看星星或者聽蟲鳴鳥叫。準備回家時，也可以訓練孩子一起幫忙打包，還有「clean up the camp」（清理營地）。

相關單字看這裡

- **backpack** 背包
- **tent** 帳篷
- **sleeping bag** 睡袋
- **folding chair** 摺疊椅
- **deckchair** 摺疊躺椅
- **rope** 繩子
- **match** 火柴
- **repellent spray** 驅蟲噴霧
- **water bottle** 水壺

- **thermos flask** 保溫水壺
- **camp stove** 可攜式瓦斯爐
- **camp lantern** 露營燈
- **flashlight** 手電筒
- **chest cooler** 行動冰箱
- **compass** 指南針
- **binocular** 雙筒望遠鏡

情境對話 1

剛到營地時……

🎧 Track 193

Mom:	This is our campsite.	這就是我們的營地了。
Kid:	Can I help pitch the tent?	我可以幫忙搭帳篷嗎？
Mom:	Sure. Teamwork is better.	好。團結力量大。
Kid:	It's quickly done!	好快就完成了！
Mom:	You are a great helper.	你是一個好幫手啊。
Kid:	Thanks. What should we do now?	謝啦。我們現在要做什麼呢？
Mom:	It's barbecue time!	現在是烤肉時間囉！

文法解析

表達「完成了」、「做好了」，可以用「It is + 動詞過去分詞」的句型，例如「It's quickly done!」（好快就完成了！）、「It's finished.」（做好了。）「It's cooked.」（烤熟了。）等等。

還可以這麼說！ 🎧 Track 194

★The campsite is here. 這是我們的營地。

★Let's pitch the tent. 我們來搭帳篷吧。

★We can work together. 我們可以一起搭。

★You are a good helper. 你是個好幫手。

情境對話 **2**

回家前……

Track 195

Dad:	**Did you have a good time?**	你玩得開心嗎？
Kid:	**Yes! I love watching the stars.**	開心！我喜歡看星星。
Dad:	**Great! Now let's strike the tent.**	太好了！現在我們來收帳篷吧。
Kid:	**Already?**	已經要收了？
Dad:	**Yes. It's about time we went home.**	是啊。我們差不多要回家了。
Kid:	**Can we come here again?**	我們可以再來嗎？
Dad:	**Sure. Maybe next week.**	好啊。也許下週再來。
Kid:	**That's terrific! I'll help clean up the campsite.**	太棒了！我來幫忙清理營地。

文法解析

要表達「差不多要～了」可以用「It's about time that + 人 + 過去式動詞」。例如「It's about time that we went home.」（該是我們回家的時候了。）、「It's about time that we cleaned up the campsite.」（該是我們清理營地的時候了。）等等。

還可以這麼說！

Track 196

★**Hold this for me.** 幫我拿著這個。
★**Can you give me a hand here?** 你可以來這裡幫我一下嗎？
★**I can help.** 我可以幫忙。
★**Let's get ready to barbecue.** 我們準備來烤肉囉。
★**Let's make a fire.** 我們來升火吧。
★**Time to clean up!** 該收拾一下囉！

Amusement Park

➡️ 遊樂場

寓教於樂這樣做

　　說到去「amusement park」（遊樂園）或是「theme park」（主題公園），總是讓孩子非常興奮，但是遇到暑假這樣的「peak season」（旺季），遊樂園總是人滿為患。如果要去的話，最好趁「off season」（淡季），也許會有時間練習一下英語會話呢！

💡活動1：遊樂園**有什麼**

　　在去遊樂園之前，可以參考列出的單字，看看遊樂園有哪些設施，如「merry-go-round」（旋轉木馬）、「Ferris wheel」（摩天輪）、「roller coaster」（雲霄飛車）、「pirate boat」（海盜船）、「bumper boats」（碰碰船）、「bumper cars」（碰碰車）、「free fall」（自由落體）等。

💡活動2：**遊玩順序要規劃**

　　進到遊樂園之前，可以先研究地圖，和孩子一起規劃路線，選

出最想搭到的遊樂設施，列出「first stop」（第一站）、「second stop」（第二站）等，再來就可以去拿「fastpass」（快速通關券），減少「stand in line」（排隊）的時間，在排隊的時候，也可以利用園區地圖一起和孩子複習設施的英文名稱，或者看看周圍景物一起用英文閒聊喔！

💡活動3：**準備**回家啦

　　結束一天的行程之後，可以問孩子「Did you have fun today?」（你今天玩得開心嗎？）、「Which is your favorite ride?」（你最喜歡的設施是哪一個？），和孩子回顧今天在遊樂園玩的經驗。

相關單字看這裡

- **amusement ride** 遊樂設施
- **merry-go-round** 旋轉木馬
- **Ferris wheel** 摩天輪
- **roller coaster** 雲霄飛車
- **pirate boat** 海盜船
- **bumper boats** 碰碰船
- **bumper cars** 碰碰車
- **free fall** 自由落體

- **waterslide** 滑水道
- **river raft ride** 急流泛舟
- **lazy river** 漂漂河
- **teacups** 咖啡杯
- **haunted house** 鬼屋
- **swing ride** 旋轉鞦韆
- **Whack-a-mole** 打地鼠
- **parade** 花車遊行
- **mascot** 吉祥物

決定遊玩順序時……

🎧 Track 197

Dad:	**What do you want to start with?**	你想先玩什麼？
Kid:	**Definitely the roller coaster.**	當然是雲霄飛車啊。
Dad:	**Look at the long line!**	看看那長長的隊伍！
Kid:	**I don't mind waiting.**	我不介意排隊啊。
Dad:	**It will take one and a half hours!**	要排一個半小時耶！
Kid:	**Let's get the fastpass.**	我們拿快速通關券吧。
Dad:	**Good idea.**	好主意。

文法解析

要表達「我不介意～」，可以用「I don't mind ~.」的句型，注意 mind 這個字後面要接動詞-ing，例如「I don't mind waiting in line.」（我不介意排隊等候。）、「I don't mind holding the bag for you.」（我不介意幫你拿袋子。）等等。

還可以這麼說！ 🎧 Track 198

★**What do you want to begin with?** 你想先玩什麼？

★**Look at the waiting line!** 你看排隊的隊伍！

★**We need to wait in line.** 我們得排隊。

★**We should get the fastpass first.**
我們應該要先拿快速通關券吧。

情境對話 2

準備回家前……

🎧 Track 199

Kid:	That was super fun!	超好玩的！
Dad:	Yeah. It was really exciting.	對啊，真的很刺激！
Kid:	It was worth the wait.	等那麼久是值得的。
Dad:	It was. I enjoyed the ride, too.	沒錯。我也搭得很開心。
Kid:	Can we do it again?	可以再玩一次嗎？
Dad:	Uh.. I think we should go ride something else.	嗯……我想我們還是去玩別的吧。

文法解析

如果要表示「非常～」、「超級～」、「真的很～」等概念，可以用「very/ super/ really + 形容詞」來表示，例如「That was super fun!」（超級好玩的！）、「That was very exciting.」（那很刺激。）、「That was really scary.」（真的很可怕。）等等。

還可以這麼說！

🎧 Track 200

★That was so fun! 那超好玩的！
★The ride was really exciting. 雲霄飛車真的很刺激。
★The wait was worth it. 等那麼久是值得的。
★The line is way too long. 隊伍真的太長了。
★Let's go ride something else. 我們去玩別的。
★Shall we buy some souvenirs? 買點紀念品好嗎？
★Let's do it again. 我們再玩一次吧！
★Give me a break. 饒了我吧。

Part 8

Going Out
出門在外

Weather

➡ 天氣

寓教於樂這樣做

　　不知道聊什麼的時候，就來聊天氣吧！天氣是日常生活會話中常見的主題，爸爸媽媽可以利用當天的天氣狀況，和孩子用簡單的英文對話。

活動1：天氣狀況有哪些

　　可以參考列出的單字，做幾張簡單的單字卡，如「rainy」（雨天）、「sunny」（晴天）、「windy」（風大）、「cloudy」（多雲的）、「stormy」（暴風雨的）等，教會孩子基本的單字，並應用在日常對話中。

活動2：不同天氣不同準備

　　在孩子熟悉不同的天氣狀況後，就可以跟孩子討論不同的天氣狀況要做什麼樣的準備，如晴天可能要戴「hat」（帽子）、雨天要帶

「umberlla」（雨傘）。

活動3：天氣預報**記得看**

　　天氣預報雖然不能預測長時間的天氣狀況，但是也能大致瞭解一星期內的天氣狀況，讓人得以預做準備。可以和孩子一起看看當日的天氣預報，然後問他「How's the weather today?」（今天天氣如何呢？），再一起決定出門要帶什麼東西。

相關單字看這裡

- **rainy** 雨天
- **sunny** 晴天
- **windy** 風大
- **cloudy** 多雲的
- **stormy** 暴風雨的
- **snowy** 下雪的
- **overcast** 灰濛濛的
- **clear** 晴朗的
- **warm** 溫暖
- **freezing** 超冷

- **scorching** 超熱
- **dry** 乾燥的
- **humid** 潮濕的
- **foggy** 有霧的
- **thunder** 打雷
- **lightning** 閃電
- **typhoon** 颱風
- **rain cats and dogs** 傾盆大雨

情境對話 1

外頭下雨時……

🎧 Track 201

Mom:	How is the weather today?	今天天氣如何呢？
Kid:	It's raining outside.	外面在下雨。
Mom:	Then we need to take an umbrella.	那我們要帶雨傘了。
Kid:	I don't like rainy days.	我不喜歡下雨天。
Mom:	But you can wear your lucky rain boots.	但是你可以穿你的幸運雨鞋。
Kid:	OK. I feel better now.	好吧。那我感覺好一點了。

文法解析 表示「下雨」，可以用動詞「rain」或者形容詞「rainy」，例如「It's raining outside.」（外面在下雨。）、「It's rainy today.」（今天是雨天。）等等。

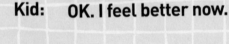

🎧 Track 202

★It's raining. 現在在下雨。
★It's sunny. 現在出太陽。
★Bring an umbrella. 帶把雨傘。
★Put on your sunglasses. 戴上太陽眼鏡。
★Put on your rain boots. 穿上雨靴。

情境對話 **2**

天氣變冷時……

🎧 Track 203

Dad:	It's chilly today. Put on your coat.	今天很冷。穿上外套吧。
Kid:	**No. I don't feel cold.**	不要。我不覺得冷啊。
Dad:	Put it on, or you'll catch a cold.	穿上吧，不然你會感冒的。
Kid:	**I want to wear that hooded jacket.**	我想要穿連帽的外套。
Dad:	Alright. Here you go.	好啊。給你。

文法解析

要叫小孩做一些事情，常會用「要～否則就會～」，可以用「or」這個連接詞在句子當中。例如「Put on the coat, or you will catch a cold.」（穿上外套，不然你會感冒的。）、「Bring an umbrella with you, or you'll get wet in the rain.」（帶著雨傘，不然你會被雨淋濕。）等等。

還可以這麼說！ 🎧 Track 204

★It's chilly. 現在很冷。
★It's windy. 現在風很大。
★It's really hot. 真的很熱。
★It's very warm today. 今天很暖和。
★Do you need a jacket? 你需要夾克嗎？
★Put on your wellies. 穿上雨鞋吧。
★Don't get wet. 別淋濕了。

Looking for the Toilet

➡ 臨時找廁所

寓教於樂這樣做

　　和孩子出門在外，最怕他臨時想上廁所，附近卻找不到廁所，最後「pee in the pants」（尿褲子）就尷尬了！出遊之前可以先確認附近的「pubic toliets」（公廁）位置，也可以到附近的商家去借廁所。

活動1：想上廁所記得說

　　出遊之前，教孩子想上廁所要懂得表達，告訴爸爸媽媽「I want to pee.」（我想尿尿。）、「I have to go poo poo.」（我想去便便。）、「I have to go to the toliet.」（我想去上廁所。），這樣爸爸媽媽才有辦法處理。

活動2：哪裡可以上廁所

　　在出門之前，先讓孩子知道哪裡可以去借廁所，如「pubic toliets」（公廁）、「department store」（百貨公司）、

「convenience store」（便利商店）。也可以參考列出的單字，告訴孩子相關對話可以怎麼說。

活動3：有人排隊**要忍耐**

廁所可能「occupied」（有人使用），這時候就要告訴孩子應該先「knock on the door」（敲門），有人的話就要排隊，爸爸媽媽也要問問孩子「Can you hold it?」（你忍得住嗎？），確定孩子是不是很急。

相關單字看這裡

- **toliet** 廁所
- **bathroom** 洗手間
- **restroom** 洗手間
- **pubic toliet** 公共廁所
- **wee** （兒語）尿尿
- **pee** 尿尿
- **poo** 便便
- **loo** 廁所
- **potty** （兒語）洗手間

- **toilet seat** 馬桶蓋
- **paper towel** 擦手紙
- **toilet roll** 廁紙捲
- **toilet paper** 衛生紙
- **tissue** 面紙
- **box tissue** 面紙盒
- **hand dryer** 烘手機
- **wipe** 擦
- **flush** 沖水

情境對話1

Kid:	Mom, I need to pee.	媽媽，我想尿尿。
Mom:	Now? Can you hold it?	現在嗎？你可以忍耐一下嗎？
Kid:	I don't think so.	我覺得不行。
Mom:	Oh. Let's use the restroom in the fast-food restaurant.	噢。我們去速食店借廁所吧？
Kid:	Can we do that?	可以這樣嗎？
Mom:	We should try.	我們試試看吧。

 文法解析

在外面要借用別人家或者店家的廁所，不適合使用「borrow the restroom」這樣的說法，因為「borrow」這個單字是「有借有還」的意思，可以整個拿走再整個物歸原主的東西比較適合用borrow。借用廁所可以說「Can I use your bathroom/ restroom?」等等。

還可以這麼說！ 🎧 Track 206

★I want to pee. 我想尿尿。
★Can you hold it just a bit longer? 你能再多忍一下下嗎？
★I'll try. 我試試看。
★Why didn't you go to the bathroom earlier?
　你剛剛怎麼不去上廁所呢？
★Don't pee in your pants. 不要尿在褲子裡啊。

情境對話 2

找不到廁所時……

🎧 Track 207

Dad:	Why didn't you go before we left?	我們離開前你怎麼不去上廁所呢？
Kid:	**I didn't feel like going.**	我那時不想上啊。
Dad:	We need to find the public toilet.	我們得找間公廁。
Kid:	**I can't hold it anymore.**	我已經忍不住了啦。
Dad:	Oh, my! Just wee in the bushes.	噢，老天！就尿在樹叢裡吧。

文法解析

要表達「想」或者「不想」做一件事，可以用「人 + feel like + Ving」或「人 + don't/ doesn't feel like + Ving」的句型。例如「I didn't feel like going to the bathroom.」（我剛才不想上廁所。）、「I feel like having some desserts.」（我想要吃一些點心。）等等。

還可以這麼說！

🎧 Track 208

★**I need to wee.** 我需要尿尿。

★**I need to go to the bathroom.** 我得上廁所。

★**Try to hold it.** 試著忍一下。

★**We need to find a loo.** 我們得找個廁所。

★**There are no public toilets nearby.** 這附近沒有公共廁所。

★**It's too late.** 來不及了。

Asking to Buy Things

➡ 吵著買東西

寓教於樂這樣做

孩子在外面看到喜歡的東西想要買，有時候會不顧旁人地大聲哭鬧，令爸爸媽媽十分尷尬。為了避免這種情形發生，平常就要和孩子約法三章。

活動1：哪些玩具**可以買**

可以參考列出的單字，和孩子一起擬定清單，上面寫孩子未來可以買的玩具，如「doctor kit playset」（醫生玩具組）、「doll house」（娃娃屋）、「fidget spinner」（指尖陀螺）、「toy robot」（玩具機器人）、「pretend makeup set」（模擬化妝組）等，讓孩子只能買清單上的玩具。

活動2：和孩子**約法三章**

平常就要和孩子講好規定，每天、每週可以買的東西都是有限

的，例如設定「One snack a day.」（每天一種點心）、「One toy a week.」（每週一種玩具。），若是當天或當週已經購買點心或玩具了，就不要再讓孩子多買。

💡活動3：拒絕態度**要堅定**

買了每日、每週可以選的點心或玩具後，不管孩子再吵著要什麼點心或玩具，都要堅定地說「No. You already had the toy of the week.」（不行，你已經有本週玩具了。）、「No means no.」（不行就是不行。）等，堅定拒絕孩子的要求。

相關單字看這裡

- **doctor kit playset**
  醫生玩具組
- **doll house** 娃娃屋
- **fidget spinner**
  指尖陀螺
- **toy robot** 玩具機器人
- **pretend makeup set**
  模擬化妝組
- **toy car track set**
  玩具車軌道組
- **play kitchen set**
  玩具廚房組
- **frisbee** 飛盤
- **kite** 風箏
- **jump rope** 跳繩
- **video games** 電動遊戲
- **barbie doll** 芭比娃娃
- **building bricks** 積木
- **soft toy** 絨毛玩具
- **remote control car**
  遙控車
- **puzzle** 拼圖
- **toy plane** 玩具飛機

不能再買玩具了……

Kid:	Mommy, I like this toy train.	媽媽，我喜歡這個玩具火車。
Mom:	It's a cool toy train.	這是個很酷的玩具火車。
Kid:	Can I take it home?	我可以把它帶回家嗎？
Mom:	We're not buying it.	我們沒有要買喔。
Kid:	Why?	為什麼？
Mom:	You already got the toy of the week.	你這個禮拜已經買過玩具了。

文法解析

如果要拒絕小朋友的要求，說「我們沒有要買喔。」、「我們沒有要去喔。」可以用現在進行式的句型「We're not + Ving.」例如：「We're not buying it.」（我們沒有要買喔。）、「We're not going there.」（我們沒有要去那裡喔。）等等。

還可以這麼說！ 🎧 Track 210

★I want to take it home. 我想把它帶回家。
★Can we buy it? 我們可以買嗎？
★We're not going to buy it. 我們不買噢。
★Not today. 今天不買。

等到生日再買吧⋯⋯

🎧 Track 211

Kid:	**I really want to have this.**	我真的很想要這個。
Dad:	**You've got plenty of these.**	這個東西你已經有很多了。
Kid:	**This one is different.**	這個不一樣。
Dad:	**Well, if you really like it...**	好吧，如果你真的喜歡⋯⋯
Kid:	**Will you buy it?**	你會買嗎？
Dad:	**You can wait until your birthday!**	你可以等到你生日那天！

文法解析

要表達「等到～」的概念，可以用「wait until + 名詞／句子」的句型。例如「You can wait until your birthday.」（你可以等到你生日那天。）、「You can wait until your mom is back.」（你可以等到媽媽回來的時候。）等等。

還可以這麼說！

🎧 Track 212

★It's over the budget. 這個東西超出預算了。
★It's too pricy. 這太貴了。
★Use your pocket money. 用你自己的零用錢。
★You can wait until your birthday. 你可以等到你生日。
★Don't argue with me. 別跟我吵。
★You've got plenty. 你已經有很多了。
★No means no. 不行就是不行。

Street Crossing

 過馬路

寓教於樂這樣做

出門在外，教孩子怎麼「cross the street」（過馬路）是很重要的，提醒孩子過馬路要「停、看、聽」，萬事小心為上。

活動1：認識馬路

可以參考列出的單字，和孩子一起認識馬路，如「traffic light」（紅綠燈）、「crosswalk」（斑馬線）、「skywalk」（天橋）、「pedestrian crossing」（行人穿越道）、「sidewalk」（人行道）等。

活動2：交通號誌要會看

一定要教會孩子怎麼看紅綠燈，如「Red means "stop." Green means "go." Yell means "slow."」（紅燈停。綠燈行。黃燈慢。），要時時提醒孩子在過馬路前要注意紅綠燈顯示什麼燈色。

💡 活動3：**過馬路**注意安全

平時多提醒孩子要注意交通安全，如「watch the traffic flow」（注意車流），過馬路要走斑馬線、地下道，不要「jaywalk」（隨意穿越馬路）。

相關單字看這裡

- **traffic light** 紅綠燈
- **traffic sign** 交通標誌
- **crosswalk** 斑馬線
- **skywalk** 天橋
- **underpass** 地下道
- **pedestrian crossing** 行人穿越道
- **sidewalk** 人行道
- **overpass** 高架橋
- **intersection** 十字路口

- **freeway** 高速公路
- **roundabout** 圓環
- **one-way traffic** 單行道
- **tunnel** 隧道
- **maximum speed** 最高速限
- **minimum speed** 最低速限
- **no left turn** 禁止左轉
- **no overtaking** 禁止超車

情境對話 **1**

要記得看紅綠燈……

🎧 Track 213

Kid:	Mommy, why did we stop?	媽媽，為什麼要停下來？
Mom:	Do you see the traffic light?	你有看到紅綠燈嗎？
Kid:	Yes.	有啊。
Mom:	The light is red now.	現在紅燈喔。
Kid:	What does red light mean?	紅燈是什麼意思？
Mom:	Red means stop. And green means go.	紅燈代表停止。而綠燈代表通行。

文法解析

要提問「～是什麼意思呢？」，可以用「What does ~ mean?」的句型表達，例如「What does red light mean?」（紅燈是什麼意思？）、「What does the icon mean?」（這個小圖案是什麼意思？）等等。

還可以這麼說！ 🎧 Track 214

★See the traffic light? 看到紅綠燈了嗎？

★The light is red. 現在是紅燈喔。

★Red means stop, and we should stop.
紅燈停。所以我們該停。

★Green means go. Off we go. 綠燈行。我們可以走了。

情境對話 **2**

過馬路要注意……

🎧 Track 215

Dad:	**Remember to 'stop, look, listen, and think' when you cross the street.**	你過馬路的時候，要記得停、看、聽、想。
Kid:	**Why?**	為什麼呢？
Dad:	**Stop before you cross the street. Look around and listen first. Make sure no cars are coming. Think if it's safe to go.**	過馬路之前先停下來。看看四周並注意聽。確定沒有車過來。想想是不是可以安全地過去。
Kid:	**I'll keep that in mind.**	我會記住的。

文法 解析

要叫小孩「要確定～」或是「一定要～」，可以用「Make sure~」這個句型。例如「Make sure no cars are coming.」（確定沒有車子過來。）、「Make sure you take the zebra crossing.」（一定要走斑馬線。）等等。

還可以這麼說！ 🎧 Track 216

★**Wait for the green light.** 等綠燈。

★**Don't run the red light.** 別闖紅燈。

★**Don't play on the street.** 不要在馬路上玩。

★**Now it's safe to go.** 現在可以安全過馬路了。

★**Hold my hand.** 牽著我的手。

Waiting for the Bus

⟹ 等公車

寓教於樂這樣做

不管是上學還是出遊，都有機會搭到公車，這也是一項重要的生活技能，一起來看看搭公車要注意什麼吧！

💡活動1：**認識**公車

可以參考列出的單字，和孩子一起認識公車，如「bus stop」（公車站）、「bus station」（公車總站）、「bus shelter」（公車亭）、「bus route」（公車路線）、「bus ticket」（公車票）等。

💡活動2：公車路線**要會看**

在去搭公車前，要教會孩子怎麼看公車路線圖，瞭解家裡附近有哪些公車站。在每一次出遊前，也可以和孩子一起看看公車路線圖，讓孩子指出這一次出遊要在哪一站上車，又要在哪一站下車。

💡 活動3：**等公車**要耐心

　　在等公車的時候，孩子可能會一直問「How soon will the bus arrive?」（公車還有多久才會到？），這時候就可以用公車動態系統查詢時間，並要孩子「be patient」（有耐心）。

相關單字看這裡

- **bus stop** 公車站
- **bus station** 公車總站
- **bus shelter** 公車亭
- **bus route** 公車路線
- **bus ticket** 公車票
- **bus terminal** 公車終點站
- **bus schedule** 公車時刻表
- **route map** 公車路線圖
- **change** 零錢
- **transfer** 轉車

- **destination** 目的地
- **interval** 間隔
- **express bus** 快速公車
- **direct bus** 直達公車
- **double-decker bus** 雙層巴士
- **long-distance bus** 長途巴士
- **tour bus** 觀光巴士

公車還要等多久……

Track 217

Kid:	When will the bus come?	公車什麼時候會來？
Mom:	**Let's check the bus tracking system.**	我們看看公車動態系統吧。
Kid:	It says the bus is five stops away.	它顯示公車還有五站才到。
Mom:	**OK. How soon will it arrive?**	好。還有多久會到呢？
Kid:	About fifteen minutes.	大概還有十五分鐘。
Mom:	**Alright. That's not a long time.**	好吧。那沒有很久。

文法解析

要提問「～還要多久呢？」，可以用「How soon ～」的句型表達，例如「How soon will it arrive?」（還要多久會到達呢？）、「How soon will we get to our stop?」（我們還要多久才會到站呢？）等等。

還可以這麼說！

Track 218

★Soon. 很快。

★In five minutes. 再五分鐘。

★The bus is coming. 公車來了。

★Be patient, please. 請有耐心一點。

情境對話 **2**

錯過公車了……

🎧 Track 219

Kid:	Daddy, which bus route are we taking?	爸爸，我們要搭哪一班公車？
Dad:	We're taking Bus 22.	我們要搭22號公車。
Kid:	That's our bus!	那是我們要搭的公車！
Dad:	Too late. We missed it.	來不及了。我們錯過了。
Kid:	It's okay. Let's wait for the next bus.	沒關係。我們等下一班。
Dad:	OK. I'm sure it's coming soon.	嗯。我相信它馬上就來了。

文法解析

要表達「我相信～」，特別是帶有正面、鼓勵意味的句子，可以用「I'm sure~」開頭的句型。例如「I'm sure the bus is coming soon.」（我確定公車很快就到了。）、「I'm sure you will do a good job.」（我相信你會做得很好。）等等。

還可以這麼說！ 🎧 Track 220

★We're taking Bus 285. 我們要搭 285 號線。

★We just missed the bus. 我們錯過公車了。

★It doesn't matter. 沒關係。

★Let's wait for the next one. 我們等下一班。

★It's coming in two minutes. 公車兩分鐘後到。

★That's our bus! 那是我們的公車！

On a Bus

⟹ 搭公車

寓教於樂這樣做

　　要搭的公車來了，別忘了還有一些事情要注意，可以提醒孩子搭車的規矩，如舉手招車、付車費等。

活動1：認識公車上的單字

　　可以參考列出的單字，和孩子一起認識相關單字，如「front door」（前門）、「rear door」（後門）、「bus driver」（公車司機）、「seat」（座位）、「card reader」（讀卡機）等，讓英文會話更順利。

活動2：搭公車要注意

　　「hail the bus」（舉手招車）後，要提醒孩子記得「tap in」（刷卡上車），在車上的時候要記得「hold the handrail」（握住扶手），看到需要博愛座的人則要「yield the priority seat」（禮讓博愛座），

最後也要記得「tap out」（刷卡下車）。

活動3：還有幾站呢？

在車上的時候，可以和孩子看「route map」（公車路線圖），一起數「how many stops to go」（還要搭幾站），到站的時候提醒孩子「It's our stop.」（車站到了。），和孩子一起下車。

相關單字看這裡

- **front door** 前門
- **rear door** 後門
- **bus driver** 公車司機
- **passenger** 乘客
- **seat** 座位
- **priority seat** 博愛座
- **card reader** 讀卡機
- **Easy Card** 悠遊卡
- **iPASS Card** 一卡通
- **handrail** 扶手

- **wheelchail ramp** 無障礙斜坡
- **fare** 車資
- **full fare** 全票車資
- **concession ticket** 優待票
- **student ticket** 學生票
- **children ticket** 兒童票
- **tickets for senior persons** 敬老票
- **disabled ticket** 愛心票

招手搭公車…… 🎧 Track 221

Mom:	It's our bus.	這是我們要搭的公車。
Kid:	Why are you raising your hand, Mommy?	你為什麼要把手舉起來，媽媽？
Mom:	So the bus driver will stop for us.	這樣公車司機才會停下來載我們啊。
Kid:	I see.	原來是這樣。
Mom:	Then, don't board the bus until it's fully stopped.	然後，等公車停好再上車。
Kid:	Can we get on the bus now?	我們現在可以上公車了嗎？
Mom:	OK.	好。

文法解析

要表達「等～之後再～」，可以用「Do not（動詞）until（主詞＋動詞）」的句型表達，例如「Do not board the bus until it is fully stopped.」（等公車停好再上車。）、「Don't hold the pot until it is cool.」（等到鍋子冷了再去拿。）等等。

還可以這麼說！ 🎧 Track 222

★This is our bus. 是我們（要搭）的公車。

★Raise your hand. 舉個手。

★Get on the bus. 上車吧。

★Now I understand. 那我懂了。

情境對話 **2**

該上車了⋯⋯ 　　　　　　　　　　　　　🎧 Track 223

Dad:	Did you beep your smart card?	你有刷智慧卡嗎？
Kid:	**Why should I beep the card?**	為什麼要刷卡呢？
Dad:	To pay for the bus fare.	要付公車的車資啊。
Kid:	**OK. Where should we get off?**	好。我們要在哪裡下車呢？
Dad:	At the central park. Now hold the handrail.	在中央公園。現在抓緊扶手吧。

文法解析　要和小孩說「要在哪裡～」，可以用「Where」開頭的問句。例如「Where should we get off?」（我們要在哪裡下車？）、「Where should we put our bags?」（我們要把袋子放在哪裡呢？）等等。

還可以這麼說！ 　🎧 Track 224

★Stand here. 站在這裡。
★Hold on tight. 手抓緊。
★You can have my seat. 你可以坐我的位子。
★Thank you very much. 非常謝謝你。
★No problem. 小事情。
★You're welcome. 不客氣。
★Ring the bell. 按（下車）鈴。

On a Train

⟹ 搭火車

寓教於樂這樣做

　　搭火車的時候，因為搭車時間比較長，孩子常常會「get impatient」（失去耐心），要注意安撫孩子，別讓孩子吵到其他乘客了。

💡活動1：認識**火車**相關**單字**

　　可以參考列出的單字，在「platform」（月臺）等車時，和孩子一起認識「depature time」（發車時間）、「train type」（車種）、「train number」（車次）等單字，讓英文會話更順利。

💡活動2：座位**在哪裡**

　　火車不同於公車，有分「reserved seat」（對號座）和「non-reserved seat」（自由座），前者又分為「aisle seat」（走道位置）和「window seat」（靠窗位置），而自由座則是有座位就可以坐。和

孩子一起認識這些單字，找到你們的座位吧！

活動3：**目的地**還沒到

在坐定位之後，可以跟孩子說「It will take about an hour to reach our destination.」（要一個小時才會抵達目的地。），讓孩子「take a nap」（小睡一下），自己也可以休息一下喔。

相關單字看這裡

- **train station** 火車站
- **railway** 鐵路
- **platform** 月臺
- **gap** 月臺間隙
- **depature time** 發車時間
- **arrival time** 抵達時間
- **train type** 車種
- **train number** 車次
- **reserved seat** 對號座
- **non-reserved seat** 自由座
- **aisle seat** 走道位置
- **window seat** 靠窗位置
- **one-way ticket** 單程票
- **return ticket** 來回票
- **first class** 頭等車廂
- **second class** 二等車廂
- **ticket machine** 自動售票機
- **ticket office** 售票處
- **ticket officer** 查票員

情境對話 1

搭上車的時候⋯⋯

🎧 Track 225

Kid:	The train is coming.	車子來了。
Mom:	**Right. Stand behind the yellow line.**	對啊。站到黃線後面。
Kid:	It's moving so fast.	車開得好快喔。
Mom:	**Yes, it is.**	對啊。
Kid:	Can I board the train now?	我可以上車了嗎？
Mom:	**Let people off the train first.**	先讓別人下車。

文法解析

在外面教小孩要禮讓別人，可以用「Let others + 動詞 first.」的句型表達，例如「Let others get off the train first.」（先讓別人下車。）、「Let others pass first.」（先讓別人通過。）等等。

還可以這麼說！ 🎧 Track 226

★**When will the train leave?** 車什麼時候離站？

★**Let's board the train.** 我們上車吧。

★**Let people get off first before we get on the train.**
我們上車前先讓別人下車。

★**Let's find our seats.** 我們來找座位。

情境對話 2

在火車上的時候……

🎧 Track 227

Kid:	**Daddy, are we there yet?**	爸爸，我們到了嗎？
Dad:	**Not yet. We've just boarded the train.**	還沒。我們才剛上車耶。
Kid:	**How long is the ride?**	搭車要搭多久啊？
Dad:	**It takes about one hour.**	大約要一個小時。
Kid:	**I am so bored.**	我好無聊喔。
Dad:	**You can take a nap. I'll wake you up when we're there.**	你可以小睡一下。到了我會叫你。

文法解析

要表達「我們才剛～」，來回答小朋友「到了沒？」、「好了沒？」、「可以了沒？」等等的問句，可以用「We've just + 動詞過去分詞」的句型。例如「We've just boarded the train.」（我們才剛上車。）、「We've just had lunch.」（我們才剛吃過午餐。）等等。

還可以這麼說！

🎧 Track 228

★**Not even close.** 還早呢。
★**I'm not sleepy.** 我不睏啊。
★**Keep your voice down.** 小聲一點。
★**We're getting off at the next stop.** 我們下一站下車。
★**The toilet is vacant now.** 洗手間現在沒人。
★**The toilet is occupied.** 洗手間現在有人。
★**Pull down the shade.** 把遮簾拉下來。

Unit 8

On the MRT
搭捷運

寓教於樂這樣做

「MRT」（捷運）是各大城市注重的交通建設，爸爸媽媽可以帶孩子認識捷運，讓孩子瞭解怎麼搭乘。

活動1：認識捷運相關單字

可以參考列出的單字，和孩子一起認識「staion」（車站）、「barrier」（票閘）、「carriage」（車廂）、「staion satff」（站務員）、「add value machine」（加值機）等單字，讓英文會話更順利。

活動2：搭捷運有禮儀

搭捷運的時候，要教孩子「etiquette in the carriage」（車廂內的禮儀），如「no eating in the cart」（不可以在車內吃東西）、「keep your voice down」（降低音量）、「yield the seat to those in need」（禮讓座位給需要的人）。

活動3：回顧路線

　　到了目的地之後，可以跟孩子一起回顧路線，如「We took the red line from Taipei Main Station to Tamsui.」（我們從臺北車站搭紅線到淡水。）等，回程的時候也可以問問孩子還記不記得怎麼搭車喔！

相關單字看這裡

- **staion** 車站
- **barrier** 票閘
- **speedgate** 閘門
- **carriage** 車廂
- **staion satff** 站務員
- **add value machine** 加值機
- **balance** 卡片餘額
- **top up** 加值
- **escalator** 手扶梯
- **information center** 服務中心
- **rush hour** 尖峰時段
- **Mass Rapid Transit** 臺北大眾捷運
- **Kaohsiung Rapid Transit** 高雄捷運
- **Taichung Mass Rapid Transit** 台中捷運
- **Taoyuan Airport MRT** 桃園機場捷運
- **light rail transit** 輕軌

車廂內不能飲食……　　　　　　　　　　🎧 Track 229

Kid:	Mom, can I have a cookie?	媽媽，我可以吃片餅乾嗎？
Mom:	No, not now.	不，現在不行。
Kid:	Why not?	為什麼不可以？
Mom:	There is no eating in the MRT carriage.	捷運車廂上面不可以吃東西。
Kid:	OK. I'll have some orange juice then.	好吧。那我喝柳橙汁。
Mom:	There is not drinking, either. Wait until we get off.	這裡也不能喝東西。等下車吧。

文法解析

要表達「在～不行～」，可以用「There is no + V-ing + 地點」的句型表達，例如「There is no eating in the carriage.」（在車廂裡面不可以吃東西。）、「There is no parking here.」（這裡不能停車。）等等。

還可以這麼說！　　🎧 Track 230

★No food. 不能吃東西。

★No drinks. 不能喝飲料。

★Wait until later. 現在不行，等一下吧。

★Wait until we get out of the station. 等到我們離開車站吧。

情境對話 **2**

在車上有點耐心……

🎧 Track 231

Kid:	Dad, are we there yet?	爸爸，我們到了嗎？
Dad:	**Not yet. There are two more stops.**	還沒。還有兩站。
Kid:	I can't wait! I want to get off!	我等不及了！我想要下車！
Dad:	**Be patient! Keep you voice down.**	有耐心一點！不要喧譁。
Kid:	Oh. I'm sorry.	噢。對不起。

要表達「還有～」，來回答小孩「到了沒？」、「好了沒？」、「可以了沒？」可以用「There are 數字 more ＋ 名詞」的句型。例如「There are two more stops.」（還有兩站。）、「There are two more lessons to review.」（還有兩課要複習。）等等。

還可以這麼說！ 🎧 Track 232

★We're getting off. 我們要下車了。
★Is this our stop? 我們是在這一站下嗎？
★In two more stops. 還有兩站。
★Do not lean on the doors. 不要靠在車門上。
★We have to change trains. 我們得換車。
★We took the wrong line. 我們搭錯線了。
★Stay seated. 坐在位子上。

Part 9

Incidents

各種狀況

Fighting with Playmates

與玩伴起爭執

寓教於樂這樣做

孩子常常因為玩具或一些小事起爭執，常常要爸爸媽媽或師長當裁判，但無論怎麼處理都覺得不公平……。要改善這個狀況，就要靠爸爸媽媽平常和孩子約法三章了。

活動1：約法三章

可以參考列出的單字，和孩子一起約法三章，如不可以「hit」（打）、「tease」（嘲笑）、「yell」（喊叫）、「fight」（打架），而有玩具要跟「sibling」（兄弟姊妹）、「playmate」（玩伴）共同「share」（分享）。

活動2：玩之前先有承諾

有玩伴想跟孩子玩的時候，爸爸媽媽可以先問「Can you share your toys?」（你可以分享玩具嗎？）、「Can you be friendly with each others?」（你們可以對彼此友善嗎？），孩子們都答應了，才讓他們一起玩。

活動3：一起玩有規定

孩子們要一起玩玩具時，可以規定讓他們輪流，爸爸媽媽可以説「You can switch toys five minutes later.」（你們五分鐘之後可以交換玩具。）、「You can take turns playing the toy car.」（你們可以輪流玩玩具車。）等話來維持秩序。

相關單字看這裡

- **hit** 打
- **tease** 嘲笑
- **yell** 喊叫
- **fight** 打架
- **slap** 拍打
- **argue** 爭執
- **cheat** 作弊
- **annoy** 惹惱
- **angry** 生氣的
- **mad** 惱火的
- **share** 分享
- **friendly** 友善的
- **take turns** 輪流
- **switch** 交換
- **sibling** 兄弟姊妹
- **playmate** 玩伴

情境對話 1

玩具要輪流玩……

🎧 Track 233

Kid 1:	Mommy, Alex took my toy without asking.	媽媽，艾力克斯沒問就拿走我的玩具。
Kid 2:	I just want to play with it.	我只是想要玩這個玩具。
Mom:	You two can take turns playing it.	你們兩個可以輪流玩這個玩具啊。
Kid 1:	It's my turn to play with it.	該我玩了。
Mom:	Did you ask Biden before you take it?	你拿走之前有問拜登嗎？
Kid 2:	No. Sorry, Biden.	沒有。對不起，拜登。

文法解析

小朋友說「該輪到我～了」，可以用「It's my turn + 動詞」，例如：「It's my turn to play with the toy.」（輪到我玩玩具了。）、「It's my turn to have the game console.」（該我玩遊戲機了。）等等。

還可以這麼說！

🎧 Track 234

★Did you ask him first? 你有先問他嗎？

★You should ask first. 你應該要先問。

★You can't take it without asking. 你不能沒問就拿。

★Can I play with this? 我可以玩這個嗎？

情境對話 2

起衝突時……

🎧 Track 235

Kid 1:	Mom, Hayden hit me.	媽媽，海登打我。
Mom:	Hayden, why did you hit Julie?	海登，你為什麼打茱莉？
Kid 2:	She pulled my hair.	她拉我的頭髮。
Kid 1:	You slapped me first.	你先打我的臉。
Kid 2:	No, you started it.	不，是你先開始的。
Mom:	Stop fighting, both of you. No hitting, or no playing.	兩個人都不要再吵了。不能打人，不然就不要玩了。

文法解析

爸爸媽媽要簡短、嚴厲地說，「不可以～，否則就不行～」，可以用「No 動詞1-ing or no 動詞2-ing」，例如「No hitting, or no playing.」（不能打人，否則就不要玩了。）、「No cheating, or no playing.」（不能作弊，否則就不要玩了。）等等。

還可以這麼說！ 🎧 Track 236

★Tell me what happened. 告訴我發生什麼事。
★Why did you hit her? 你為什麼打她？
★Did you hit her? 你有打她嗎？
★She hit me, too. 她也有打我。
★Who started it? 誰先動手的？
★He started it. 他先的。
★Stop fighting. 不要再吵了。

Not Feeling Well

➡ 身體不舒服

寓教於樂這樣做

爸爸媽媽要幫孩子建立正確的觀念，告訴孩子身體不舒服的時候要懂得表達，以免因為症狀拖延而更嚴重喔。

💡 活動1：身體症狀有哪些

可以參考列出的單字，和孩子一起認識身體不舒服的各種「symptom」（症狀），如「runny nose」（流鼻水）、「sore throat」（喉嚨痛）、「fever」（發燒）、「diarrhea」（拉肚子）、「vomiting」（嘔吐）等，讓孩子知道自己不舒服的時候該怎麼說。

💡 活動2：適時詢問身體狀況

爸爸媽媽注意到孩子不舒服的時候，可以問「Are you feeling well?」（你還好嗎？）、「Do you need to go to the doctor?」（你需要看醫生嗎？）等，如果孩子害怕去看醫生，可以告訴他「Don't worry. I'll be with you.」（別擔心，我會在你身邊。），讓他安心下來。

活動3：醫囑**要遵守**

孩子可能會因為害怕「get a shot」（打針）或「take the medicine」（吃藥）而不願意去看醫生，這時候爸爸媽媽也不能順著孩子，要陪孩子去看醫生，但可以約好看完醫生、吃完藥之後能夠吃一些糖果當作獎勵。

相關單字看這裡

- **symptom** 症狀
- **ill** 不舒服
- **cough** 咳嗽
- **runny nose** 流鼻水
- **stuffy nose** 鼻塞
- **sneezing** 打噴嚏
- **sore throat** 喉嚨痛
- **fever** 發燒
- **diarrhea** 拉肚子
- **vomiting** 嘔吐
- **stomachache** 肚子痛
- **toothache** 牙痛
- **severe body aches** 嚴重身體痠痛
- **nausea** 噁心
- **constipated** 便秘的
- **dizzy** 頭暈
- **flu** 流行感冒
- **chills and sweats** 冒冷汗

該去看醫生了……

🎧 Track 237

Kid:	Mommy, I'm not feeling well.	媽媽，我不舒服。
Mom:	What's wrong?	怎麼了？
Kid:	I have diarrhea, and I feel weak.	我拉肚子，而且我覺得很虛弱。
Mom:	Do you feel like throwing up, too?	你也會想吐嗎？
Kid:	Kind of.	有點。
Mom:	In that case, you need to see a doctor.	那樣的話，你需要去看醫生了。

文法解析　小朋友生病時表達「我感覺～」，可以用「I feel + 形容詞」，例如：「I feel weak.」（我覺得虛弱。）、「I feel fatigued.」（我覺得很累。）等等。

還可以這麼說！　🎧 Track 238

★I feel ill. 我不舒服。

★I feel sick. 我覺得想吐。

★I feel like throwing up. 我覺得想吐。

★You should see a doctor. 你應該要看醫生。

身體是不是不舒服……

🎧 Track 239

Mom:	You don't look well. Are you feeling ill?	你看起來不太好。你不舒服嗎？
Kid:	I don't know.	我不知道。
Mom:	I think you should stay in bed and rest.	我覺得你應該躺著休息。
Kid:	I think so, too.	我也這樣覺得。
Mom:	Drink some more water. We'll see if you should see a doctor.	多喝一些水吧。我們再看看你是否應該看醫生。

文法解析

表達「看看是否～」的概念，可以用「We'll see if + 句子」的句型，例如「We'll see if you should see a doctor.」（我們看看你需不需要看醫生。）、「We'll see if you have caught a cold.」（我們看看你是不是感冒了。）等等。

還可以這麼說！ 🎧 Track 240

★You have a bad cough. 你咳得很厲害。
★You've been sneezing all day. 你整天都在打噴嚏。
★You've got a cold. 你感冒了。
★Have a rest. 休息一下。
★You don't look well. 你看起來不太舒服。
★Does it hurt anywhere else? 還有其他地方痛嗎？

Getting Lost

→ 跟爸媽走散了

寓教於樂這樣做

現在手機越來越普及，很多爸爸媽媽會幫孩子準備手機，並且裝上可追蹤孩子動向的APP，但也不能太過依賴科技，告訴孩子如何求助還是很重要的！

活動1：可以向誰求助

可以參考列出的單字，告訴孩子萬一在外迷路，可以尋求哪些人的幫助，除了「service center」（服務台）、「police station」（警察局）、「staff」（工作人員）等專門提供協助的對象外，也可以找「convenience store」（超商）、「restaurant」（餐廳）的「clerk」（店員）幫助喔。

活動2：預先演練不會慌

平常在家可以利用和孩子玩的時間，進行角色扮演的遊戲，模擬

不同的情境，告訴孩子該如何「Ask someone for help.」（請他人幫忙。），除了迷路、走失外，也可以演練丟失東西等不同情境喔。

活動3：要會開口才能求助

　　想要尋求幫助，就一定要懂得開口說，爸爸媽媽可以一步步引導孩子說出求助的句子，如「Can you help me?」（你可以幫我忙嗎？）、「I think I'm lost.」（我想我迷路了。）、「I can't find my parents.」（我找不到我爸爸媽媽。）等，要讓孩子多說幾次，才不會忘喔。

相關單字看這裡

- **service center** 服務台
- **police station** 警察局
- **staff** 工作人員
- **volunteer** 志工
- **police officer** 員警
- **school guard** 校警
- **convenience store** 超商
- **department store** 百貨公司
- **restaurant** 餐廳
- **bookstore** 書店
- **hospital** 醫院
- **library** 圖書館
- **bus station** 公車站
- **fire bureau** 消防局
- **clerk** 店員
- **counter** 櫃台

迷路了怎麼辦……

🎧 Track 241

Kid:	Excuse me.	不好意思。
Clerk:	**Yes? How can I help you?**	有什麼要幫忙的嗎？
Kid:	I am lost. Can you help me find my parents?	我走丟了。可以幫我找我爸媽嗎？
Clerk:	**Can you tell me your Daddy's name?**	你知道你爸爸的名字嗎？
Kid:	Jerry Lin.	林傑瑞。
Clerk:	**OK. I'll make a public address in the store.**	我會在店裡廣播的。
Kid:	Thank you.	謝謝。

文法解析

小朋友練習請求「可以幫我～嗎」，可以用「Can you help me (to) 動詞？」，例如：「Can you help me find my parents?」（你可以幫我找到我父母嗎？）、「Can you help me find my way home?」（你可以幫我找到回家的路嗎？）等等。

還可以這麼說！ 🎧 Track 242

★I think I'm lost. 我覺得走丟了。

★I can't find my parents. 我找不到我爸爸媽媽。

★My father's name is ____. 我爸爸的名字是_____。

★His number is 0912345678. 他的電話是 0912345678。

情境對話 2

要告訴別人這些事⋯⋯ 🎧 Track 243

Mom:	Tell me your name.	告訴我你的名字。
Kid:	James Lin.	詹姆士林。
Mom:	Do you know you mother's name?	你知道你媽媽的名字嗎？
Kid:	Catherin Chou.	凱瑟琳周。
Mom:	Can you tell me what your address is?	你可以說出自己的住址是什麼嗎？
Kid:	Uh. It's too long to memorize.	呃，太長了背不起來。
Mom:	OK. We'll try again next time.	好。我們下次再試試看吧。

文法解析

問小孩能不能記得並說出自己的相關資訊，可以用「Can you tell what + 名詞 + is?」的句型，例如「Can you tell me what your address is?」（可以告訴我你的住址是什麼嗎？）、「Can you tell me what your phone number is?」（可以告訴我你的電話嗎？）等等。

還可以這麼說！ 🎧 Track 244

★Don't panic. 不要慌張。
★Stay calm. 保持冷靜。
★Stay where you are. 待在原地。
★Go to where we pay. 走到我們付錢的地方。
★Try to find a police officer. 試著找到一個警察。
★Find a convenience store. 找一間超商。
★Tell the staff that you're lost. 告訴工作人員你走丟了。

Praise

➡ 稱讚孩子

寓教於樂這樣做

　　多給孩子口頭上的讚美與鼓勵，比起用物質獎勵，更能表示爸爸媽媽對孩子的肯定和支持，也不會讓孩子只為了物質獎勵而努力。

活動1：可以怎麼稱讚

　　可以參考列出的單字，看看有哪些單字可以用來稱讚孩子，如「nice」（很好的）、「good」（很好的）、「great」（很棒的）、「amazing」（驚人的）、「impressive」（令人印象深刻）等，有非常多單字可以替換喔。

活動2：稱讚要常常說

　　讓孩子瞭解讚美的句子和單字之後，就可以常常使用了，可以對孩子說「You did a great job.」（你做得很好。）、「I am proud of you.」（我為你感到驕傲。），也可以認同孩子的努力，如「You've tried very hard.」（你很努力嘗試了。）等等。

活動3：固定行為**要稱讚**

可以某段時間特別強調一個行為，在孩子能做到時，特別給予讚美，如教孩子綁鞋帶後，只要看到孩子成功地完成這個動作，就可以特別給予讚美。

相關單字看這裡

- **nice** 很好的
- **good** 很好的
- **great** 很棒的
- **amazing** 驚人的
- **impressive** 令人印象深刻
- **brilliant** 出色的
- **awesome** 太棒了
- **bravo** 太棒了
- **excellent** 真優秀
- **incomparable** 無可比擬
- **outstanding** 出色的
- **perfect** 完美
- **spectacular** 太驚人了
- **splendid** 太美好了
- **terrific** 很棒
- **wonderful** 太棒了
- **clever** 真聰明

稱讚孩子能自己動手做…… 🎧 Track 245

Kid:	Mommy, look!	媽媽,你看!
Mom:	Wow! You zipped the jacket by yourself!	哇!你自己拉夾克拉鏈耶!
Kid:	Yes. I did it!	是啊。我做到了!
Mom:	I am very proud of you.	我對你感到很驕傲。
Kid:	It's actually not very hard.	其實這不會很難啊。
Mom:	I can tell you've been practicing. Good job!	看得出來你一直在練習。做得很好喔!

文法解析

讚美小孩可以著重在表示有注意到小孩付出的努力,用「I can tell~」的句型說「看得出來~」,例如:「I can tell you've been practicing.」(看得出來你有練習。)、「I can tell you made a lot of efforts.」(看得出來你付出很多努力。)等等。

還可以這麼說! 🎧 Track 246

★Good job. 做得好!

★You did it! 你做到了!

★I'm so proud of you. 我好為你感到驕傲。

★I can tell you've been trying. 看得出來你有一直在嘗試。

情境對話 2

稱讚孩子的畫……　　　　　　　　🎧 Track 247

Kid:	**Daddy, I drew a picture of our family.**	爸爸，我畫了一幅我們的全家福。
Dad:	**You did? Show me.**	是喔？我看看。
Kid:	**This is you. This is Mommy. And this is me.**	這是你。這是媽媽。然後這是我。
Dad:	**What an amazing work!**	畫得好棒喔！
Kid:	**Do you like it?**	你喜歡嗎？
Dad:	**I love it! You are really talented!**	我超愛的！你真有天份！

文法解析

表示讚嘆「多麼～的～啊！」，可以用「What a +形容詞 +名詞」的句型，例如「What an amazing work!」（多麼好的一幅作品！）、「What a wonderful drawing!」（畫得真好啊！）等等。

還可以這麼說！　🎧 Track 248

★**Well done!** 做得好！
★**Amazing work!** 做得很棒！
★**You found a good way to do it.** 你找到做這件事的好方法。
★**You should be proud of yourself.** 你應該為自己感到驕傲。
★**That's very sweet of you.** 你真是太貼心了。
★**You didn't give up trying.** 你沒有放棄嘗試。
★**That's why you made it!** 那就是你為何成功的原因。

Discipline

訓誡孩子

寓教於樂這樣做

教育孩子盡量避免用體罰的方式，以免變成以暴制暴，可以透過溝通、以身作則，以及賞罰分明的方式來教育小孩。

活動1：哪些事情不能做

可以參考列出的單字，和孩子一起訂家規，如在家不可以「hit」（打）、「yell」（喊叫）、「fight」（打架），也不可以有「impolite」（不禮貌）的行為，當然，「steal」（偷）、「snatch」（搶奪）也都是禁止的。

活動2：一起建立家規

確定家規之後，可以把家規寫成簡單的句子，讓孩子能朗朗上口，如「No hitting.」（不可以打人。）、「No foul language.」（不可以說髒話）、「Be polite.」（要有禮貌）等等。

活動3：原因**要理解**

　　三不五時跟孩子提一下這些規則，孩子問原因的話，就可以機會教育，說「We don't want to make people feel bad.」（不要讓別人覺得難受。）、「You don't want others to do that to you.」（你不會希望被那樣對待。）等等。

相關單字看這裡

- **hit** 打
- **yell** 喊叫
- **fight** 打架
- **slap** 拍打
- **argue** 爭執
- **cheat** 作弊
- **impolite** 不禮貌
- **rude** 不禮貌的
- **terrible** 極差的
- **foul language** 髒話
- **bad words** 不好聽的字眼
- **steal** 偷
- **snatch** 搶奪
- **quarrel** 無理取鬧
- **lie** 說謊
- **bully** 欺負別人

阻止孩子打人……

Mom:	Hey! Stop it! Why did you do that?	嘿！住手！你為什麼要那樣做？
Kid:	She took my toy.	她拿走我的玩具。
Mom:	That doesn't mean you can hit her.	那不代表你可以打她。
Kid:	But I want my toy back.	但是我想拿回我的玩具。
Mom:	Use your words, not your hands.	動口不動手。
Kid:	OK. I'm sorry.	好啦。對不起。
Mom:	Don't do that again!	不要再那樣做了！

 教小孩「不可以再～了！」，可以用「Don't + 動詞 + again!」，例如：「Don't do that again!」（不要再那樣做了！）、「Don't say that again!」（不要再那樣講了！）等等。

還可以這麼說！ 🎧 Track 250

★Stop! 停下來！

★Why did you do that to others?
你為什麼要對其它人那樣做？

★You can't hit people like that. 你不可以像那樣子打人。

★Do you want others to hit you like that as well?
你希望其他人也像那樣打你嗎？

指證孩子的行為……   🎧 Track 251

Kid:	You ugly pig.	你這隻醜陋的豬。
Dad:	Hey, watch your language.	嘿，講話注意一點。
Kid:	Oh. But we say that all the time at school.	噢。但我們在學校都這樣講話啊。
Dad:	You can't talk like that from now on.	從現在開始你不能那樣講話了。
Kid:	Why?	為什麼啊？
Dad:	You know that's really rude, don't you?	你知道那很沒禮貌，對吧？
Kid:	Yes. Sorry.	我知道。對不起。

文法解析

教小孩一個道理，用附加問句問說「對吧？」、「不是嗎？」，可以用「You know + 句子, don't you?」的句型，例如「You know that's really rude, don't you?」（你知道那很沒禮貌，對吧？）、「You know that hurts people's feelings, don't you?」（你知道那會傷害人的感受，對吧？）等等。

還可以這麼說！ 🎧 Track 252

★You're making me angry. 你讓我很生氣。
★Last chance. 再給你最後一次機會。
★Don't you talk like that! 不准你那樣講話！
★That was very rude. 那樣很沒禮貌。
★Watch your behavior. 注意你的行為。
★Behave yourself. 規矩一點。
★You're embarrassing yourself. 你讓你自己很丟臉。

Punishment

➡️ 處罰孩子

寓教於樂這樣做

　　孩子做錯事情的話，爸爸媽媽就要及時處理，孩子才會懂得不當行為和「penalty」（罰則）之間的關聯。處罰的時候，也要記得告訴孩子為什麼他會受罰，在禁止孩子做某件事時，也要提出適合的替代方案以滿足孩子的需求喔。

💡 活動1：不該**那樣做**

　　孩子難免會犯錯，但還是要適當處罰，孩子以後才會更小心。在看到孩子犯錯之後，爸爸媽媽可以說「you shouldn't have done that.」（你不應該那樣做。），並提醒孩子下次該怎麼做比較好。

💡 活動2：**處罰可以這樣做**

　　為了讓孩子記取教訓，可以採用剝奪是或贖罪式的懲罰來警惕孩子，如「No TV tonight.」（今晚不准看電視。）、「No pocket money this week.」（這星期沒有零用錢。）、「Mop the floor this weekend.」（這週末要擦地板。）等，可以參考列出的單字來擬出適合孩子當下狀況的懲罰。

活動3：**知錯能改**要獎勵

如果孩子原本常常犯某個錯，但經過努力矯正後，犯錯的次數逐漸減少，最終不再犯錯，記得要口頭獎勵孩子做得好。

相關單字看這裡

- **TV** 電視
- **pocket money** 零用錢
- **cartoon** 卡通
- **video games** 電動遊戲
- **game apps** 遊戲軟體
- **game console** 遊戲機
- **computer games** 電腦遊戲
- **snack** 點心
- **ice cream** 冰淇淋
- **mop** 拖地
- **sweep** 掃
- **clean** 清潔
- **vacuum** 用吸塵器清理
- **tidy up** 收拾
- **take out the garbage** 倒垃圾
- **do the dishes** 洗碗

準備處罰孩子……

🎧 Track 253

Mom: Gary, come here.	蓋瑞，你過來。
Kid: Yes, Mom.	是的，媽媽。
Mom: Can you see that I'm angry?	你看得出來我很生氣嗎？
Kid: I know I'm in trouble.	我知道我有麻煩了。
Mom: Do you know why?	你知道為什麼嗎？
Kid: I think I do.	我大概知道。
Mom: Now go to your room and I'll talk to you later.	現在到你房間去，我等等有話跟你說。

文法解析

要教訓小孩之前，也許小孩已經知道自己錯了，可以問孩子「Can you see that + 子句」來看看小朋友是否已經有自我反省，例如：「Can you see that I'm angry?」（你看得出來我很生氣嗎？）、「Can you see that Daddy is upset?」（你看得出來爸爸很生氣嗎？）等等。

還可以這麼說！

🎧 Track 254

★**Do you have anything to say?** 你有什麼要說的嗎？

★**That wasn't a nice thing to do, was it?**
那麼做是不對的，對不對？

★**You know you shouldn't lie, don't you?**
你知道你不該說謊，對不對？

★**Be responsible for your own behavior.**
你必須為你自己的行為負責。

情境對話 2

處罰孩子時……　　　　　　　　　　🎧 Track 255

Dad:	**What did you just do?**	你們做了什麼好事？
Kid:	**We broke the vase.**	我們打破花瓶了。
Dad:	**I told you not to play baseball in the house.**	我告訴過你們不要在屋子裡打棒球的。
Kid:	**We didn't mean it.**	我們不是故意的。
Dad:	**No TV for both of you tonight.**	今天你們兩個都不准看電視。
Kid:	**Oh, no!**	噢，不！

文法解析

表示「不准～」，可以用「No + 名詞／動詞-ing」的句型，例如「No TV for both of you tonight.」（今天都不可以看電視。）、「No video games for the whole weekend.」（週末都不准玩遊戲。）等等。

還可以這麼說！ 🎧 Track 256

★**What have you done?** 你做了什麼好事？
★**I didn't mean it.** 我不是故意的。
★**Go back to your room.** 回你房間去。
★**I'm sorry.** 對不起。

Behaviors

⟹ 品德教育

寓教於樂這樣做

大家都希望自己孩子除了有學識以外，也要有好的「character」（品德）和「literacy」（素養），爸爸媽媽的首要任務就是「lead by example」（以身作則），做個有公德心、道德觀的大人，孩子就有榜樣可以學習囉！

💡活動1：**哪些事情**不能做

可以參考列出的單字，告訴孩子哪些事情是不能做的，如「lie」（說謊）、「curse」（罵人）、「steal」（偷）、「litter」（亂丟垃圾）、「graffiti」（塗鴉）等「mean」（惡意的）或「on purpose」（故意地）的行為都是不能做的，「by accident」（不小心地）的行為也要盡量減少。

活動2：行為守則**要記得**

為了讓孩子記得基本的行為守則，可以根據場景，提醒孩子注意，如在公園時提醒孩子「Do not litter.」（不要亂丟垃圾。），督促孩子把垃圾丟進垃圾桶裡；看到有人在街上喧嘩而感擾到他人的時候，告訴孩子「Do not yell.」（不要大吼。）等等。

活動3：道理**要討論**

可以和孩子討論道理，問他們「If people don't follow the principles, what will it be like?」（如果人們不遵守這些原則，會怎麼樣呢？），藉此引導孩子思考，如果大家都隨手亂丟垃圾，會不會滿街都是垃圾？如果每個人都粗魯無禮，是不是會容易起爭執？

相關單字看這裡

- **lie** 說謊
- **curse** 罵人
- **steal** 偷
- **litter** 亂丟垃圾
- **graffiti** 塗鴉
- **bully** 欺負別人
- **rude** 粗魯
- **cheat** 作弊
- **destory** 破壞
- **break** 弄壞
- **fight** 打架
- **rob** 搶奪
- **hit** 打
- **mean** 惡意的
- **on purpose** 故意地
- **by accident** 不小心地

隨時品德教育……

🎧 Track 257

Dad:	Jack, don't leave your trash here.	傑克，不要把你的垃圾留在這裡。
Kid:	But there are no garbage bins around.	但是附近沒有垃圾桶啊。
Dad:	Bring it with you until you see one.	把它帶著，直到有垃圾桶為止。
Kid:	Why?	為什麼？
Dad:	You don't want to ruin the view in the park, right?	你不會想要破壞這個美麗的公園，對吧？
Kid:	Uh, you're right.	呃，你說的沒錯。

解釋為什麼不能做出某些行為的時候，可以用「You don't want to + 動詞」來提醒小朋友不當行為的後果，例如：「You don't want to ruin the view in the park.」（你不會想要破壞公園的景色。）、「You don't want to make others feel bad.」（你不會想要讓別人覺得不開心。）等等。

還可以這麼說！

🎧 Track 258

★Love our environment. 愛護我們的環境。

★Be kind. 要心存善良。

★Love animals. 愛護動物。

★Be caring. 要有愛心。

情境對話 2

適時糾正孩子的行為……　🎧 Track 259

Dad:	Where did you get this?	你在哪裡拿到這個的？
Kid:	From the stationery store this morning.	今天早上在文具店拿的啊。
Dad:	I don't remember buying this.	我不記得有買這個啊。
Kid:	I put it in my pocket.	我把它放在我口袋裡。
Dad:	Baby, if we don't pay for it, we are stealing it.	寶貝，如果我們沒付錢買，就是偷了。
Kid:	Is it? What should I do?	是喔？那怎麼辦呢？
Dad:	We need to return it.	我們必須拿去還。

文法解析

表示「我不記得有做過某件事情」，可以用「I don't remember + 動詞-ing」的句型，例如「I don't remember buying this.」（我不記得有買這個。）、「I don't remember saying that.」（我不記得有那樣說。）等等。

還可以這麼說！ 🎧 Track 260

★Never tell lies. 不要說謊。
★Respect others. 尊重別人。
★Say nice words. 說好話。
★Do good things. 做好事。
★Be sympathetic. 要有同情心。
★Be friendly. 對人友善。
★This is wrong. 這是錯的。
★You need to go apologize. 你必須要去道歉。

Wetting the Bed

 尿床了

寓教於樂這樣做

孩子還小的時候，難免會遇到尿床的情況，爸爸媽媽也只能多洗幾次床單，想要改善的話，也只好耐心地提醒孩子晚上睡覺前要記得上廁所了。

活動1：**認識**尿床相關**單字**

萬一不幸地孩子尿床，無奈之餘也可以參考列出的單字，趁機讓他學一點英文，如「diapers」（尿布）、「disposable」（拋棄式的）、「napkin」（紙巾）、「mattress」（床墊）、「bed sheet」（床單）等單字。

活動2：**沒有**那麼生氣

孩子可能會因為怕爸爸媽媽生氣而故意不說，這時候叫讓孩子知道處理事情更重要，盡量不要表現得太生氣，爸爸媽媽可以說「I'm

not angry.」（我沒有生氣）、「But we've got more laundry to do.」
（但是我們有更多東西要洗了。）等等。

活動3：從單字和情境對話學英文

　　爸爸媽媽可以和孩子一起先預習與「尿床」相關的單字，用新學到的單字練習造句，孩子造出好句子之後，爸爸媽媽要記得給點獎勵喔！學完單字後，再進入情境對話的單元，藉由不同的情境對話來熟悉使用方式，也學習相關文法概念，打好英文基礎！

相關單字看這裡

- **diaper** 尿布
- **nappies** （兒語）尿布
- **disposable** 拋棄式的
- **napkin** 紙巾
- **pee** 尿尿
- **mattress** 床墊
- **bed sheet** 床單
- **pajama** 睡衣
- **blanket** 毯子
- **bed** 床
- **wet** 濕的
- **bed-wetting** 尿床
- **wet wipes** 濕紙巾
- **toilet** 廁所
- **laundry** 待洗衣物
- **flood** 淹水

情境對話 1

孩子尿床了……

🎧 Track 261

Kid:	Mommy. I have something to tell you.	媽媽。我有事情要告訴你。
Mom:	What's the matter?	怎麼了？
Kid:	I wet the bed.	我尿床了。
Mom:	Oops. That's not good news.	噢歐。那不是個好消息。
Kid:	Are you mad?	你生氣了嗎？
Mom:	No. But we've got some more laundry to do today.	沒有啊。但是我們今天有更多東西得洗了。
Kid:	Sorry, Mommy.	對不起，媽媽。

帶點無奈地說「我們有更多事情要做了」，可以用「We've got some more + 名詞 + to + 動詞」，例如：「We've got some more laundry to do today.」（我們今天有更多東西得洗了。）、「We've got some more housework to do today.」（我們今天有更多家事要做了。）等等。

還可以這麼說！

🎧 Track 262

★I wet the bed this morning. 我今早尿床了。

★The bed is all wet. 床濕掉了。

★Don't worry about it. 別擔心。

★I'm not mad. 我沒有生氣。

情境對話 2

孩子不再尿床……

🎧 Track 263

Kid:	Mom, guess what?	媽媽，你猜猜什麼事？
Mom:	Your bed got flooded again?	你的床又淹水了？
Kid:	Wrong guess.	猜錯囉。
Mom:	Wow! You stop bedwetting!	哇！你不再尿床了！
Kid:	I remembered to go to the toilet before sleep last night.	我昨天晚上睡前有記得去上廁所。
Mom:	I'm proud of you.	我為你感到驕傲。

文法解析

小孩想要表達，有照爸爸媽媽的囑咐做到某件事，表達「我有記得～喔」，可以用「I remembered to ~」，例如「I remembered to go to the toilet before sleep last night.」（我昨天睡前有記得去廁所喔。）、「I remembered to wash my hands before dinner.」（我吃晚餐前有記得洗手喔。）等等。

還可以這麼說！ 🎧 Track 264

★Big kids don't need nappies at nighttime.
　大孩子晚上睡覺不需要尿布的。

★Go to the toilet before bed. 睡前去上廁所。

★You can sleep without nappies. 你可以睡覺不穿尿布。

★You can do it. 你辦得到的。

★Let's try again tonight. 我們今晚再試一次。

★Bye, bye nappies. 尿布掰掰。

Bad Dreams
➡ 做惡夢

寓教於樂這樣做

　　孩子半夜做惡夢，嚇醒就睡不著了，這時候爸爸媽媽可以先傾聽孩子的夢境，再安撫他們，轉移他的注意力，這樣要把他重新哄睡就比較容易囉。

活動1：惡夢裡**可能有什麼**

　　孩子的惡夢中常常會出現各種怪物，可以參考列出的單字，帶著孩子認識這些怪物，如「giant」（巨人）、「werewolf」（狼人）、「vampire」（吸血鬼）等，瞭解怪物之後說不定就不會那麼害怕了。

活動2：夢到**什麼了**

　　惡夢說出來會比較好受，爸爸媽媽可以問孩子「What did you dream of?」（你夢到了什麼？），也可以用「Did you see a monster in your dream?」（你在夢裡看到怪物嗎？）、「Did you dream something stolen?」（你夢到有東西被偷走嗎？）等等。

活動3：**做完惡夢要**安撫

　　孩子說完後，可以跟他說「It's not real.」（那不是真的。）、
「Mom/ Dad is here.」（媽媽／爸爸在這裡。），讓孩子冷靜下來，
然後說「Let's go back to sleep.」（回去睡覺吧。），讓孩子好好休
息。

相關單字看這裡

- **monster** 怪物
- **giant** 巨人
- **werewolf** 狼人
- **vampire** 吸血鬼
- **ghost** 鬼
- **goblin** 妖怪；地精
- **devil** 惡魔
- **dwarf** 小矮人
- **witch** 巫婆

- **curse** 詛咒
- **chase** 追趕
- **awful** 可怕的
- **terrifing** 恐怖的
- **scary** 可怕的
- **scared** 害怕
- **bad dream** 惡夢
- **nightmare** 惡夢

孩子做惡夢了……

Kid:	(scream) Mommy!	（尖叫）媽媽！
Mom:	Mommy's here. What's wrong?	媽媽在這裡。怎麼了？
Kid:	I had a scary dream.	我做了一個可怕的夢。
Mom:	What did you dream of?	你夢到什麼了？
Kid:	There was a huge monster.	有一隻大怪物。
Mom:	It wasn't real.	那不是真的。
Kid:	I felt like I was going to be eaten.	我覺得我好像要被吃掉了。

文法解析

小朋友描述夢境，講到「我感覺好像～」，可以用「I felt like + 主詞 + 過去式動詞」，例如：「I felt like I was going to be eaten.」（我覺得我好像被吃掉了。）、「I felt like it was real.」（我感覺那好像是真的。）等等。

還可以這麼說！ 🎧 Track 266

★I had a nightmare. 我做了一個惡夢。

★Daddy's here. 爸爸在這裡。

★What is the dream about? 夢和什麼有關？

★It's not going to happen in real life.
現實生活中裡不會發生的。

情境對話 2

陪孩子重新入睡……

🎧 Track 267

Kid:	I'm still scared.	我還是很害怕。
Mom:	**Don't be. Mommy's here.**	不要怕。媽媽在這裡啊。
Kid:	Will you stay with me?	你會陪著我嗎？
Mom:	**Of course. I'll keep you company.**	當然。我會陪著你。
Kid:	Thank you, Mommy.	謝謝你，媽媽。
Mom:	**Now go back to sleep.**	現在繼續睡覺吧。

文法解析

要表達「該回去～了」，可以用「Now let's go back to ＋名詞」，例如「Now let's go back to sleep.」（現在繼續睡覺吧。）、「Now let's go back to the story.」（現在繼續講故事吧。）等等。

還可以這麼說！

🎧 Track 268

★**Don't be scared.** 不用害怕。
★**Could you stay with me?** 可以陪著我嗎？
★**I'll be here with you.** 我會在這裡陪著你。
★**It was just a dream.** 那只是個夢而已。
★**I will protect you.** 我會保護你的。
★**I will kick the monster out.** 我會把怪物趕走。
★**Now go back to bed.** 現在繼續睡覺吧。

Part 10

Holidays and Festivals
節慶活動

Chinese New Year

 農曆新年

寓教於樂這樣做

農曆新年對華人而言是最重要的時刻之一，是家族團聚的時刻，爸爸媽媽可以帶著孩子好好感受整個大家族的溫暖。

活動1：過年做什麼

可以參考列出的單字，和孩子一起認識農曆新年的傳統有什麼，如「family reunion」（全家團圓）、「year-end clean up」（年終大掃除）、「hang the spring couplet」（掛春聯）等，也要讓孩子對長輩們說些「good words」（吉祥話），就可以分發「red envelope with luck money」（紅包）了。

活動2：吉祥話這樣說

可以先教孩子說一些吉祥話，為過年預做準備，如「May wealth come generously to you.」（恭喜發財。）、「May all your wishes come true.」（祝你心想事成。）等等。

活動3：一起去拜年

去「New Year's Visit」（拜年）的時候，可以教孩子對長輩或鄰居説吉祥話，拿到紅包之後，要記得向對方説謝謝。

相關單字看這裡

- **family reunion**
  全家團圓
- **family reunion feast**
  團圓飯
- **year-end clean up**
  年終大掃除
- **spring couplet** 春聯
- **good words** 吉祥話
- **red envelope with luck money** 紅包
- **wealth** 財富

- **New Year's visit** 拜年
- **firecracker** 鞭炮
- **lion dance** 舞獅
- **New Year's money**
  壓歲錢
- **Chinese zodiac** 生肖
- **worship ancestors** 祭祖
- **lantern** 燈籠
- **dragon** 龍
- **fortune cookies**
  幸運餅乾

情境對話 **1**

除夕要吃團圓飯……

🎧 Track 269

Kid:	Wow! So many dishes!	哇！好多菜喔！
Mom:	**Yeah. We're having a big feast tonight.**	對啊。我們今晚要吃大餐喔。
Kid:	A family reunion feast?	團圓飯嗎？
Mom:	**Exactly. And all dishes have special meanings.**	沒錯。而且菜餚都有特別的意義喔。
Kid:	Really? What does fish stand for?	真的嗎。魚代表什麼呢？
Mom:	**Fish means "surplus in the year."**	魚代表「年年有餘」。

文法解析
年夜飯很多菜餚都有特殊的意義，跟小朋友解釋的時候，可以說「~（菜餚）stands for/ symbolizes/ means~（意義）」，例如：「Fish means "surplus in the year."」（魚代表「年年有餘」。）、「Dumplings symbolizes fortune.」（水餃象徵財富。）等等。

還可以這麼說！ 🎧 Track 270

★It's Chinese New Year's Eve. 今天是除夕。

★It's a time for family reunions. 這是家人團圓的日子。

★We will have a reunion dinner. 我們將會吃團圓飯。

★You can stay up late today. 你今天可以晚睡。

情境對話 **2**

大年初一去拜年……　　　　　　　　　　🎧 Track 271

Kid:	Good morning, Mom.	早安，媽媽。
Mom:	Good morning. Happy Chinese New Year!	早安。新年快樂！
Kid:	Happy Chinese New Year! It's the Chinese New Year's Day.	新年快樂！今天是大年初一耶。
Mom:	Here is a red envelope for you.	這是給你的紅包。
Kid:	Thank you, Mom.	謝謝媽媽。
Mom:	Put on your new clothes. We're paying Grandpa a New Year's visit.	穿上你的新衣服。我們要去給爺爺拜年了。

文法解析

拿東西給小朋友的時候，可以用「Here is/ are + 名詞 + for you.」。例如：「Here is a red envelope for you.」（這是要給你的紅包。）、「Here's a new shirt for you.」（這是要給你的新衣服。）等等。

還可以這麼說！　　🎧 Track 272

★**Here's a red envelope for you to bring you luck.**
　這是給你帶來幸運的紅包。
★**Put on your new clothes and get ready to leave.**
　穿上你的新衣服，準備出門。
★**We're paying Daddy's friend a New Year's visit.**
　我們要去爸爸朋友家拜年。
★**It's the year of the Rooster.** 今年是雞年。
★**We only need to say good words.** 我們要說吉祥話。
★**Don't spend all your New Year's money.**
　別花光你的壓歲錢。

Dragon **Boat** Festival

端午節

寓教於樂這樣做

　　端午節除了可以期待放假外，也可以緬懷屈原、和孩子一起從事傳統活動等，度過愉快又有意義的假期。

活動1：屈原**是誰**

　　可以參考列出的單字，和孩子一起認識端午節要紀念的屈原。他是位「loyal」（忠心的）大臣，更是位「patriot」（愛國者），操心著楚國的國家大事，然而遭到奸臣陷害，君主也對他猜忌，最終導致成為「martyr」（殉道者）。

活動2：端午節**做什麼**

　　可以參考列出的單字，和孩子一起認識端午節的傳統有什麼，如「have some rice dumplings」（吃粽子）、「stand an egg on its end at noon」（正午立蛋）、「make a fragrant」（製作香包）等，

也可以一起去看「Dragon Boat race」（龍舟比賽）。

💡活動3：從單字和情境對話**學英文**

　　爸爸媽媽可以和孩子一起先預習與「端午節」相關的單字，用新學到的單字練習造句，孩子造出好句子之後，爸爸媽媽要記得給點獎勵喔！學完單字後，再進入情境對話的單元，藉由不同的情境對話來熟悉使用方式，也學習相關文法概念，打好英文基礎！

相關單字看這裡

- **Double Fifth Festival** 端午節
- **Dragon Boat Festival** 端午節
- **loyal** 忠心的
- **patriot** 愛國者
- **martyr** 殉道者
- **poet** 詩人
- **rice dumpling** 粽子
- **alkaline dumpling** 鹼粽
- **bamboo leaves** 竹葉
- **egg** 蛋
- **noon** 中午
- **fragrant** 香包
- **Dragon Boat** 龍舟
- **Dragon Boat race** 龍舟比賽
- **moxa** 艾草
- **custom** 習俗
- **realgar wine** 雄黃酒

情境對話 1

端午節來立蛋……

🎧 Track 273

Kid:	Is it twelve o'clock yet?	十二點了嗎？
Mom:	Almost. It's five to twelve.	快了。現在十一點五十五分。
Kid:	Let's try standing an egg on its end.	我們來試試看立蛋吧。
Mom:	OK! Let's see if we could do it.	好啊。我們來試試看能不能行得通。
Kid:	Look! I did it!	你看！我成功了！
Mom:	Amazing!	好厲害啊！

文法解析

跟小朋友一起嘗試傳統的活動，要表示「看看是否可以成功」可以用「Let's see if ~」，例如：「Let's see if we could do it.」（我們來看看能不能行得通。）、「Let's see if this could work.」（我們來看看是否可以成功。）等等。

還可以這麼說！

🎧 Track 274

★**It's Dragon Boat Festival!** 今天是端午節！

★**Eat a rice dumpling!** 吃個粽子吧！

★**My favorite food.** 我最愛的食物。

★**Let's try standing an egg on its end.** 我們來試試看立蛋吧。

情境對話**2**

端午節吃粽子……

🎧 Track 275

Mom:	We'll have rice dumplings for lunch.	午餐吃粽子喔。
Kid:	Wow! My favorite food!	哇！我最喜歡的食物！
Mom:	These are savory, and those are sweet.	這些是鹹的，而那些是甜的。
Kid:	Can I have one for each kind?	我可以一種吃一個嗎？
Mom:	Yes, but no more than that.	可以啊，不過不能吃更多了。
Kid:	Yum.	好吃。

文法解析

小朋友看到好幾種選擇的食物，會想要每種都嚐一嚐，可以用不定代名詞 one 和 each 表達：「have one for each kind」（每種都吃一個）。爸媽要讓小朋友有所節制，可以用比較級的句型表示「no more than that」（不能超過那個數量）。

還可以這麼說！ 🎧 Track 276

★I made a fragrant sachet. 我做了一個香包。
★Let's watch the Dragon Boat races. 我們來看龍舟比賽。
★Don't eat too much. 別吃太多了。
★Which boat goes the fastest? 哪一隻船跑得最快？
★I can't stand an egg up on it's end. 我不會立蛋。
★It's too tricky. 這太難了。
★I did it! 我成功了！

Mid-Autumn Festival

中秋節

寓教於樂這樣做

中秋節也是一個闔家團圓的節日，全家可以一起做很多事情，把中秋節的文化傳承給下一代。

活動1：中秋節做什麼

可以參考列出的單字，和孩子一起認識中秋節的傳統有什麼，如「admire the moon」（賞月）、「eat mooncakes」（吃月餅）、「barbecue」（烤肉）、「eat pomelo」（吃柚子）等。

活動2：中秋節的傳說

可以配合坊間一些的繪本，跟孩子介紹中秋節的「legend」（傳說），如「Chang'e flies to the moon」（嫦娥奔月）、「Wu Gang & the tree」（吳剛伐桂）等。

活動3：從單字和情境對話學英文

　　爸爸媽媽可以和孩子一起先預習與「中秋節」相關的單字，用新學到的單字練習造句，孩子造出好句子之後，爸爸媽媽要記得給點獎勵喔！學完單字後，再進入情境對話的單元，藉由不同的情境對話來熟悉使用方式，也學習相關文法概念，打好英文基礎！

相關單字看這裡

- **Moon Festival** 中秋節
- **Mid-Autumn Festival** 中秋節
- **admire** 欣賞
- **moon** 月亮
- **moon-watching** 賞月
- **full moon** 滿月
- **moonlight** 月光
- **mooncake** 月餅
- **egg yolk** 蛋黃
- **barbecue** 烤肉
- **pomelo** 柚子
- **sparkle stick** 仙女棒
- **firework** 煙火
- **legend** 傳說
- **tradition** 傳統

中秋節來賞月……

🎧 Track 277

Kid:	Mommy, look at the full moon!	媽媽，你看滿月！
Mom:	Wow! It's beautiful!	哇！好美喔！
Kid:	It's so bright.	好亮喔。
Mom:	Exactly. It's the biggest full moon of the year.	對啊。這是一年之中最大的滿月。
Kid:	Let's admire the moon in the yard.	我們到院子裡去賞月吧。
Mom:	Good idea.	好主意。

文法解析

對話之中，可以用形容詞最高級表示節日的特殊之處，例如「It's the biggest full moon of the year.」（這是一年之中最大的滿月。）、「It's the best time of the year.」（這是一年之中最好的時光。）等等。

還可以這麼說！

🎧 Track 278

★Look at the full moon! 看滿月！

★It's so beautiful! 真是太美了！

★Let's go outside and admire the moon!
我們去外面賞月吧！

★The moon is so bright tonight. 今天的月亮好亮啊。

中秋節來烤肉、吃柚子⋯⋯ 🎧 Track 279

Dad:	Let's barbecue to celebrate the festival.	我們來烤肉慶祝這個節日吧。
Kid:	Hooray! My favorite!	萬歲！我最喜歡烤肉了！
Dad:	We will need some meat, barbecue sauce, and charcoals.	我們要買一些肉、烤肉醬、還有木炭。
Kid:	Can we buy a pomelo?	我們可以買一個柚子嗎？
Dad:	Yes. I didn't know you like the fruit.	可以啊。我不知道你喜歡這種水果耶。
Kid:	I'm not eating it. I just want a pomelo hat.	我沒有要吃。我只是想要柚子帽。

文法解析

和小孩一起採買過節要用的物品，可以用「We'll need ~」或著「We're going to need~」來表達，例如「We will need some meat, barbecue sauce, and charcoals.」（我們要買一些肉、烤肉醬、還有木炭。）、「We're going to need a wire grid, a grill brush, and the tongs.」（我們會需要烤肉網、刷子、還有夾子。）。

還可以這麼說！ 🎧 Track 280

★Let's barbecue! 我們來烤肉吧！
★It's barbecue time! 烤肉時間到囉！
★The barbecue smells so good. 烤肉味道好香喔。
★Would you like some mooncake? 要不要吃點月餅啊？
★Let's peel this pomelo. 我們來剝這顆柚子吧。
★The pomelo is sweet and tasty. 柚子又甜又好吃。
★Put on the pomelo hat! 戴上柚子帽吧！
★It's time for sparkle sticks! 放仙女棒時間到囉！

Halloween

➡ 萬聖節

寓教於樂這樣做

萬聖節時，許多學校會舉辦應景的活動，讓孩子享受節慶的氣氛，也可以一起認識相關文化。

活動1：為什麼**會有**萬聖節

萬聖節是西洋文化的「Ghost Festival」（鬼節），這一天鬼怪或去世的人會來到人世間，而人們害怕鬼怪會攻擊他們，所以扮裝成鬼怪的模樣，讓鬼怪誤以為他們是相同的，保護自己不被攻擊。

活動2：**舉辦**變裝派對

萬聖節可以跟孩子一起雕刻「jack-o-lantern」（南瓜燈），也可以舉辦變裝派對！可以參考列出的單字，準備「costume」（服裝）和「props」（道具），變裝成「pirate」（海盜）、「witch」（巫婆）、「zombie」（殭屍）等，再讓孩子出門進行「trick-or-treat」

（不給糖就搗蛋）的活動。

活動3：從單字和情境對話學英文

　　爸爸媽媽可以和孩子一起先預習與「萬聖節」相關的單字，用新學到的單字練習造句，孩子造出好句子之後，爸爸媽媽要記得給點獎勵喔！學完單字後，再進入情境對話的單元，藉由不同的情境對話來熟悉使用方式，也學習相關文法概念，打好英文基礎！

相關單字看這裡

- **Ghost Festival** 鬼節
- **jack-o-lantern** 南瓜燈
- **trick-or-treat** 不給糖就搗蛋
- **costume** 服裝
- **props** 道具
- **makeup** 化妝
- **dress up** 打扮
- **pirate** 海盜
- **witch** 巫婆
- **zombie** 殭屍
- **vampire** 吸血鬼
- **clown** 小丑
- **human skull** 骷髏人
- **evil queen** 惡皇后
- **Frankenstein** 科學怪人
- **knight** 騎士
- **character** 角色

準備變裝派對……

🎧 Track 281

Kid:	I got a party invitation.	我拿到派對邀請函。
Mom:	**A Halloween party?**	是萬聖節派對嗎？
Kid:	Yes. It's a costume party.	對啊。是變裝派對。
Mom:	**Wow! Exciting!**	哇！好令人興奮啊！
Kid:	I didn't know what to dress up as.	我不知道要打扮成什麼。
Mom:	**How about Nemo?**	扮成尼莫怎麼樣？
Kid:	Let me think about it.	我想一下。

文法解析

小朋友不知道如何做決定，可以用「I don't know what + to + 動詞」的句型表達，例如「I didn't know what to dress up as.」（我不知道要打扮成什麼。）、「I don't know what to give her as a birthday present.」（我不知道要送什麼給她作生日禮物。）。

還可以這麼說！　🎧 Track 282

★It's a Halloween party. 是個萬聖節派對。
★There's a dress code. 有服裝主題喔。
★It's a costume party. 這是個變裝派對。
★How exciting! 好令人興奮呀！

情境對話 2

孩子討論彼此的裝扮……　　　　　　　　🎧 Track 283

Kid 1:	**Wow, your costume is cool!**	哇，你的服裝好酷喔！
Kid 2:	**And your Batman dress looks real!**	你的蝙蝠俠服裝好逼真！
Kid 3:	**Hey, guys.**	哈囉，各位。
Kid 1:	**Look! A vampire is here!**	看啊！吸血鬼來了！
Kid 2:	**Cool! You look like a real vampire.**	好酷喔！你看起來就像是真的吸血鬼一樣。
Kid 3:	**My mom did my makeup.**	我媽媽幫我畫的妝。
Kid 1:	**Awesome!**	超讚的！

文法解析

小孩要讚美彼此的扮裝很好，可以用「Your dress looks ~」或「You look like a real ~」開頭的句子來表達，例如「Your Iron Man dress looks real.」（你的鋼鐵人服裝好逼真。）、「You look like a real witch.」（你看起來就像一個真的女巫。）。

還可以這麼說！　　🎧 Track 284

★**You're a vampire!** 你是吸血鬼！
★**I am a princess today.** 我今天是個公主。
★**What are you going to dress up as?** 你要打扮成什麼？
★**You look scary.** 你看起來好嚇人啊。
★**My mommy made it.** 我媽媽幫我做的。
★**Trick or treat!** 不給糖就搗蛋！
★**Give us candy!** 給我們糖果！

Christmas

➡ 聖誕節

寓教於樂這樣做

　　聖誕節是全世界都期待的日子，尤其是孩子們會引頸期盼「Santa Claus」（聖誕老人）的到來，等著收到他們的禮物。

活動1：**一起聽**聖誕歌

　　聖誕節的時候有很多節慶相關的歌曲在播放，爸爸媽媽可以跟孩子介紹「We wish You a Merry Christmas」（我們祝你聖誕快樂）、「Jingle Bell」（聖誕鈴聲）等歌曲，說明聖誕節的意義及聖誕老人的故事。

活動2：聖誕節**做什麼**

　　參考列出的單字，和孩子介紹聖誕節的各種活動吧！可以跟朋友們一起進行「exchange gifts」（交換禮物），也可以和家人一起裝飾「Christmas tree」（聖誕樹），在「Christmas Eve」（平安夜）

享受大餐，最後在床頭掛上「Christmas stocking」（聖誕襪）期待「Christmas gift」（聖誕禮物）。

活動3：期待聖誕禮物

孩子最期待的莫過於禮物了，可以讓孩子寫卡片給聖誕老人，説他想要什麼樣的禮物，而爸爸媽媽也可以趁機告訴孩子要守規矩，當個好孩子，聖誕老人才會在平安夜送禮物過來。

相關單字看這裡

- **Santa Claus** 聖誕老人
- **Merry Christmas** 聖誕快樂
- **Jingle Bell** 聖誕鈴聲
- **Christmas song** 聖誕歌
- **exchange gifts** 交換禮物
- **decoration** 裝飾
- **Christmas tree** 聖誕樹
- **Christmas Eve** 平安夜
- **Christmas party** 聖誕派對
- **Christmas feast** 聖誕大餐
- **Christmas stocking** 聖誕襪
- **Christmas gift** 聖誕禮物
- **Christmas card** 聖誕卡片
- **gingerbread** 薑餅人
- **gingerbread house** 薑餅屋
- **candy cane** 拐杖糖
- **reindeer** 麋鹿
- **Christian** 基督徒

情境對話 1

等著聖誕老人……

🎧 Track 285

Kid:	**Mom, when will Santa come?**	媽媽，聖誕老公公什麼時候會來？
Mom:	**Not until you go to bed.**	你去睡覺以後。
Kid:	**I'll go to bed early then.**	那我要早點去睡覺。
Mom:	**Good boy.**	很乖。
Kid:	**Here are the snacks for Santa and the reindeers.**	這是要給聖誕老公公和麋鹿的點心。
Mom:	**That's very nice of you. Santa will be very happy.**	你真貼心。聖誕老公公會很開心喔。

文法解析

對話之中，可以用「Not until + 主詞 + 動詞」的句型，表達「～以後才可以」，例如「Not until you go to bed.」（直到你去睡覺之後。）、「Not until we finished the housework.」（直到我們把家事做完之後。）。

還可以這麼說！

🎧 Track 286

★It's Christmas Eve. 今晚是聖誕夜。

★Santa is coming tonight. 聖誕老人今晚會來噢。

★Go to bed as early as you can. 儘量早點上床睡覺。

★It's my favorite holiday. 這是我最喜歡的節日。

情境對話 **2**

孩子拿到禮物……　　　　　　　　🎧 Track 287

Kid:	Daddy! Santa did come last night!	爸爸！聖誕老人昨晚真的來了！
Dad:	How did You know?	你怎麼知道呢？
Kid:	Look! This was in my stocking.	你看！這是我聖誕襪裡面的東西。
Dad:	You've got a gift from Santa!	你拿到來自聖誕老公公的禮物了！
Kid:	I hope it is what I wished for.	我希望這是我許願的東西。
Dad:	Let's open it.	我們打開它吧！

 文法解析

拆開禮物的時候，跟小孩一起讚嘆禮物很好，可以用「You've got ~」開頭的句子來表達，例如「You've got a gift from Santa!」（你拿到來自聖誕老公公的禮物了！）、「You've got the toy you wished for!」（你得到許願的玩具了！）。

還可以這麼說！ 🎧 Track 288

★Christmas is coming. 聖誕節要到了。
★Let's decorate the Christmas tree. 我們來裝飾聖誕樹。
★Christmas presents go under the tree. 聖誕禮物放到樹下。
★We will have a Christmas party. 我們會舉辦一個聖誕派對。
★Let's send a Christmas card to Grandma.
　我們寄張聖誕卡給奶奶吧。
★It's a gift from Santa. 這是聖誕老公公送的禮物。

Birthday
⟹ 慶生派對

寓教於樂這樣做

　　很多孩子都會期待自己的生日，因為可以收到禮物，還可以舉辦派對！生日可以讓孩子感受到自己很受重視，爸爸媽媽不用舉辦很鋪張的派對，但也千萬別冷落了孩子。

活動1：準備生日派對

　　爸爸媽媽可以為孩子準備驚喜派對，參考列出的單字，準備當天的派對吧！可以準備一些簡單的道具，如「balloon」（氣球）、「party hat」（派對帽）、「paper pinwheel」（紙風車）等，也別忘了準備「birthday gift」（生日禮物）！

活動2：生日派對做什麼

　　生日派對自然少不了「Happy Birthday Song」（生日快樂歌），唱完後就可以準備吹熄「birthday cake」（生日蛋糕）上的「birthday

Unit 6

candle」（生日蠟燭），許下「birthday wish」（生日願望）了！

活動3：從單字和情境對話**學英文**

　　爸爸媽媽可以和孩子一起先預習與「生日」相關的單字，用新學到的單字練習造句，孩子造出好句子之後，爸爸媽媽要記得給點獎勵喔！學完單字後，再進入情境對話的單元，藉由不同的情境對話來熟悉使用方式，也學習相關文法概念，打好英文基礎！

相關單字看這裡

- **birthday** 生日
- **birthday girl/boy** 壽星
- **birthday party** 生日派對
- **throw a birthday party**
  舉行生日派對
- **balloon** 氣球
- **party hat** 派對帽
- **paper pinwheel** 紙風車
- **birthday song** 生日歌
- **birthday cake** 生日蛋糕

- **birthday candle**
  生日蠟燭
- **light the candles**
  點亮蠟燭
- **birthday wish**
  生日願望
- **make a wish** 許願
- **birthday gift** 生日禮物
- **birthday card** 生日卡片
- **blow out** 吹熄

情境對話1

舉辦生日驚喜派對……

🎧 Track 289

Dad & Mom:	Surprise!	大驚喜！
Kid:	What is going on?	什麼？
Mom:	Happy birthday, Baby!	生日快樂，寶貝！
Kid:	Is it my birthday today?	今天是我生日嗎？
Dad:	Yes! We have bought you a toy car.	是啊！我們買了一台玩具車給你。
Mom:	It's your birthday present.	是你的生日禮物。
Kid:	Wow! A toy car! I've wanted this for so long! Thank you!	哇！玩具車！我一直都很想要這個！謝謝！

文法解析 跟小朋友說「買／準備（某物）給（某人）」，可以用「授予動詞（give/ buy/ bring）＋人＋物」的句型，例如：「We have bought you a toy car.」（我們買了一台玩具車給你。）、「We've brought you come desserts.」（我們帶了一些點心給你。）等等。

還可以這麼說！ 🎧 Track 290

★**Let's celebrate your birthday!** 我們來慶祝你的生日吧！

★**It's your birthday!** 今天是你生日喔！

★**Happy birthday!** 生日快樂！

★**I'm so surprised!** 我太驚喜了！

情境對話 2

說出生日願望……

🎧 Track 291

Dad:	Let's sing a birthday song.	我們來唱生日快樂歌吧。
Kid:	Thank you everyone!	謝謝大家！
Mom:	Now make a wish.	現在許個願吧。
Kid:	OK. Can I blow out the candles?	好。我可以吹蠟燭了嗎？
Dad:	Yes. What is your birthday wish?	好啊。你的生日願望是什麼呢？
Kid:	I wish everybody is happy forever.	我希望大家永遠開心。
Mom:	That's very sweet of you.	你真貼心。

文法解析 小朋友說出自己的願望，可以用「I wish + 句子」，例如「I wish everybody is happy forever.」（我希望大家永遠開心。）、「I wish Mom and Dad are healthy forever.」（我希望爸爸媽媽永遠健康。）等等。

還可以這麼說！ 🎧 Track 292

★**This is your birthday cake.** 這是你的生日蛋糕。
★**Let's sing a birthday song.** 我們來唱生日歌。
★**Make a wish.** 許個願吧。
★**Blow out birthday candles.** 吹生日蠟燭吧。
★**Open your gifts.** 打開你的禮物吧。
★**Do you like it?** 你喜歡嗎？
★**This is for you.** 這是送給你的。
★**It's a birthday gift.** 這是個生日禮物。

Part 11

Good Night
晚安

Getting to Sleep

催孩子上床睡覺

寓教於樂這樣做

有時候，即使到了睡覺時間，孩子仍然靜不下來，但要是再不睡的話，明天會非常沒有精神，這時候就要嚴肅地告誡孩子該睡覺了。

活動1：固定**睡覺時間**

可以跟孩子約定好每天睡覺的時間，如「Go to bed before ten o'clock.」（十點前上床睡覺。），養成孩子「keep regular」（作息規律）的好習慣。

活動2：**睡不著**學英文

可以參考列出的單字，讓孩子躺上床之後，一一跟孩子複習房內物品的英文名稱，如「bedroom」（臥室）、「bed」（床）、「pillow」（枕頭）、「bed sheet」（床單）、「blanket」（毯子）、「quilt」（棉被）等。

活動3：**催孩子去睡覺**

　　讓孩子知道遵守睡覺時間的重要性，必要時用嚴厲一點的方式，甚至可以「pull a long face」（拉下臉）來下達最後通牒。

相關單字看這裡

- **bedroom** 臥室
- **bed** 床
- **bed sheet** 床單
- **pillow** 枕頭
- **pillow case** 枕頭套
- **blanket** 毯子
- **quilt** 棉被
- **duvet** 羽絨被
- **cushion** 抱枕

- **security blanket** 安撫巾
- **comfort object**
  起安撫作用的物品
- **pacifier** 奶嘴
- **pajama** 睡衣
- **wardrobe** 衣櫃
- **bedside table** 床頭櫃
- **duvet** 羽絨被
- **alarm clock** 鬧鐘

情境對話 **1**

催孩子睡覺……

🎧 Track 293

Dad:	Do you know what time it is?	你知道現在幾點了嗎？
Kid:	Nope.	不知道啊。
Dad:	It's almost ten.	快十點了。
Kid:	Is that very late?	很晚了嗎？
Dad:	Yes. You'd better go to sleep.	是啊。你最好去睡覺了。
Kid:	Alright. I'll go to bed now.	好啦。我現在就去睡覺。
Dad:	Good. Lie down and no more talking.	很好。躺下來，不要再講話了。

文法解析

爸爸媽媽如果叫小朋友「不要再～了」，可以用「No more + 名詞／動詞-ing」的句型，例如「No more talking.」（不要再講話了。）、「No more excuses.」（不要再找藉口了。）等等。

還可以這麼說！

🎧 Track 294

★Do you have any idea what time it is?
你知道現在幾點了嗎？

★It's very late. 已經很晚了。

★Lie down. 躺下來。

★No more talking. 不要再說話了。

情境對話 **2**

阻止孩子繼續玩……

🎧 Track 295

Mom:	It's time to sleep.	該睡覺了。
Kid:	I don't want to sleep.	我不想睡。
Mom:	You already look very sleepy.	你已經看起很睏了。
Kid:	No. Let's have a pillow fight.	沒有啊。我們來玩枕頭大戰。
Mom:	Put the pillow down.	把枕頭放下來。
Kid:	Mommy, look at me!	媽媽,你看我!
Mom:	Stop jumping on the bed. I'm going to count to three. One!	別再在床上跳了。我數到三。一!

文法解析

要嚴厲地叫小朋友「別再～了」的時候,可以用「Stop + 動詞-ing」的句型,例如「Stop jumping on the bed.」(別再在床上跳了。)、「Stop playing with the pillow.」(別再玩枕頭了。)等等。

還可以這麼說! 🎧 Track 296

★It's time for bed. 該睡覺了。
★Go to sleep! 去睡覺!
★You look sleepy. 你看起來很睏了。
★It's very late now. 現在已經很晚了。
★Tuck yourself in to bed. 在床上躺好。
★Tuck yourself in the blanket. 蓋好被子。

Lullaby

催眠曲

寓教於樂這樣做

睡前想要安撫孩子的情緒，讓孩子更順利入睡的話，可以試試看輕柔的催眠曲，讓忙碌的一天告一個段落。

活動1：一起學英文

可以參考列出的單字，和孩子一起認識搖籃曲相關的英文單字，如「lullaby」（催眠曲）、「sleepy」（想睡的）、「asleep」（睡著的）、「soft」（輕柔的）、「music」（音樂）等。

活動2：準備睡覺

讓孩子躺好之後，可以跟孩子說「Let me tuck you in.」（我來幫你蓋被子。）、「Close your eyes.」（閉上眼睛。）、「Let me sing you a lullaby.」（讓我為你唱一首催眠曲。）等等。

活動3：**播放**搖籃曲

可以挑選一些輕柔的音樂來讓孩子放輕鬆，也可以選一些常見的兒歌來播放，一邊放一邊輕拍孩子的背，等著孩子逐漸入睡。

相關單字看這裡

- **lullaby** 催眠曲
- **cradle song** 搖籃曲
- **sing** 唱
- **play** 播放
- **hear** 聆聽
- **sleepy** 想睡的
- **awake** 醒著的
- **asleep** 睡著的

- **melody** 旋律
- **tempo** 節奏
- **lyrics** 歌詞
- **music** 音樂
- **soft** 輕柔的
- **calm** 冷靜的
- **tranquil** 寧靜的
- **relax** 放鬆

準備唱搖籃曲……

🎧 Track 297

Mom:	Close your eyes. I'll sing you a lullaby.	眼睛閉起來。我唱搖籃曲給你聽。
Kid:	**OK. But I still don't want to sleep.**	好。不過我還不想睡。
Mom:	Rock-a-bye baby, on the treetop...	嬰兒搖搖，掛在樹梢……
Kid:	**What is the song about?**	這首歌在講什麼？
Mom:	It's about a sleeping baby. Shh... Eyes closed.	是關於睡著的小寶寶。噓……眼睛閉上。
Kid:	**OK.**	好。
Mom:	When the wind blows, the cradle will rock.	風兒一吹，搖籃就晃。

文法解析 要表達「我還是無法～」可以用「I still can't + 動詞」的句型，例如「I still can't sleep.」（我還是睡不著。）、「I still can't finish it.」（我還是吃不完。）、「I still can't understand it.」（我還是聽不懂。）等等。

還可以這麼說！ 🎧 Track 298

★**I'll sing you a song.** 我來唱首歌給你聽。

★**What are you singing?** 你在唱什麼？

★**It's a lullaby.** 是一首搖籃曲。

★**Close your eyes.** 眼睛閉起來。

讓孩子自己選搖籃曲……

🎧 Track 299

Kid:	**Daddy, can you sing me a lullaby?**	爸爸，你可以唱搖籃曲給我聽嗎？
Dad:	**Which one would you like to hear?**	你想要聽哪一首呢？
Kid:	**Twinkle, Twinkle, Little Star.**	一閃一閃小星星。
Dad:	**Twinkle, twinkle, little star...**	一閃一閃小星星
Kid:	**I love this song.**	我最喜歡這首歌了。
Dad:	**It's my favorite, too. How I wonder what you are...**	這也是我最喜歡的。我好想知道你是什麼呀……

文法解析

讓小孩做選擇，可以用「Which one would you like to + 動詞」的句型表達，例如「Which one would you like to hear?」（你想要聽哪一首呢？）、「Which one would you like to have for dessert?」（你想要吃哪一種點心呢？）等等。

還可以這麼說！ 🎧 Track 300

★**Which one do you want to hear?** 你想聽哪一首？
★**This is my favorite one.** 這是我最喜歡的一首。
★**It makes me sleepy.** 它讓我想睡覺了。
★**I can't sleep without a lullaby.** 沒有搖籃曲我睡不著。
★**It's a beautiful lullaby.** 這首搖籃曲真好聽。
★**Keep singing.** 繼續唱呀。
★**I'm still awake.** 我還醒著喲。

Bedtime Story

→ 睡前故事

寓教於樂這樣做

哄孩子入睡之前，可以利用一點時間來說睡前故事，增進親子間的感情。

💡活動1：**有哪些**故事可以說

可以參考列出的單字，和孩子一起透過「storybook」（故事書），認識常常聽到的「fairy tale」（童話故事），像是「Sleeping Beauty」（睡美人）、「Peter Pan」（小飛俠）等故事，透過故事一起來瞭解寓言的寓意吧。

💡活動2：**邊講故事邊**問問題

說故事的時候，要記得讓孩子閉著眼睛聽，在同時也可以問孩子一些簡單的問題，如「What did he do?」（他做了什麼？）、「How did she feel?」（她的感受是什麼？）、「What happened next?」

（接下來發生了什麼？）等等，如果問完問題遲遲沒有回覆，孩子應該就是睡著了。

活動3：從單字和情境對話學英文

爸爸媽媽可以和孩子一起先預習與「睡前故事」相關的單字，用新學到的單字練習造句，孩子造出好句子之後，爸爸媽媽要記得給點獎勵喔！學完單字後，再進入情境對話的單元，藉由不同的情境對話來熟悉使用方式，也學習相關文法概念，打好英文基礎！

相關單字看這裡

- **storybook** 故事書
- **fairy tale** 童話故事
- **fable** 寓言
- **moral** 寓意
- **Sleeping Beauty** 睡美人
- **Peter Pan** 小飛俠
- **Pinocchio** 木偶奇遇記
- **Snow White** 白雪公主
- **The Frog Prince** 青蛙王子
- **Cinderella** 灰姑娘
- **The Emperor's New Clothes** 國王的新衣
- **Little Red Riding Hood** 小紅帽
- **The Little Match Girl** 賣火柴的小女孩
- **The Ugly Duckling** 醜小鴨
- **The Wolf and the Seven Little Goats** 大野狼與七隻羊

情境對話**1**

準備講睡前故事……　　　　　　　　　　🎧 Track 301

Mom:	It's bedtime.	睡覺時間到囉。
Kid:	**I'm not sleepy yet.**	我還不想睡。
Mom:	I'll tell you a bedtime story.	我來說個睡前故事。
Kid:	**I want a princess story.**	我想聽公主的故事。
Mom:	What about "Sleeping Beauty"?	《睡美人》好不好呢？
Kid:	**That's my favorite one.**	那是我最喜歡的故事。
Mom:	Once upon a time...	很久很久以前……

文法解析　爸爸媽媽提醒小朋友「該吃飯了」、「該睡覺了」等等，小朋友常常會說「我還不餓」、「我還不想睡」等等，可以用「I'm not ~ yet.」句型表達，例如「I'm not hungry yet.」（我還不餓。）、「I'm not sleepy yet.」（我還不想睡。）、「I'm not ready yet.」（我還沒準備好。）等等。

還可以這麼說！　🎧 Track 302

★You know it's time to sleep. 你知道該睡覺囉。

★Time for bed. Be good. 該上床睡覺囉。聽話。

★Are you ready for the story time? 準備好聽故事了嗎？

★A long time ago... 很久很久以前……

情境對話 **2**

邊講故事邊問問題…… 🎧 Track 303

Kid:	**Daddy, tell me a bedtime story.**	爸爸，跟我說個睡前故事。
Dad:	**Alright, but you have to listen with your eyes closed.**	好，不過你要閉著眼睛聽。
Kid:	**OK.**	好。
Dad:	**Once upon a time, there was a boy...**	從前從前，有一個男孩……
Kid:	**How old is he?**	他幾歲啊？
Dad:	**Eyes closed.**	眼睛閉上。
Kid:	**OK.**	好啦。

文法解析

提醒小孩睡覺時眼睛閉著、嚼食物時嘴巴閉著，可以用「with + 受詞 + closed」的句型表達，例如「Listen to the story with your eyes closed.」（閉著眼睛聽故事。）、「Chew the food with your mouth closed.」（嘴巴閉著嚼食物。）等等。

還可以這麼說！ 🎧 Track 304

★**Are you listening?** 你有在聽嗎？
★**Pick a storybook you like.** 選一本你喜歡的故事書。
★**What story do you want to listen today?**
　你今天想聽什麼故事？
★**This story is boring.** 這故事好無聊喔。
★**It helps you fall asleep.** 它能幫助你入睡啊。

Bedtime Chat

➡ 睡前聊天

寓教於樂這樣做

哄孩子入睡之前，可以利用一點時間來進行睡前聊天，增進親子間的感情。

💡活動1：一起學英文

可以參考列出的單字，和孩子一起認識睡前聊天相關的英文單字，如「share」（分享）、「secert」（祕密）、「remember」（記得）、「forget」（忘記）、「unforgettable」（難忘的）、「tell」（告訴）等。

💡活動2：邊講故事邊問問題

可以用隨意、簡單的問題來問孩子今天發生了什麼事，如「What did you do at school today?」（今天在學校做了什麼？）、「Do you get alone with your new friends?」（跟新朋友相處得好嗎？）等等。

活動3：建立情感連結

　　當個好聽眾，適時給孩子回應，如「Tell me more about it.」（和我多說一點。）、「That's wonderful.」（那真是太棒了。）等。爸爸媽媽要在孩子有好事分享的時候為他感到開心，有困難的時候給予建議或表示支持，以此與孩子建立情感連結。

相關單字看這裡

- **share** 分享
- **secert** 祕密
- **remember** 記得
- **forget** 忘記
- **unforgettable** 難忘的
- **tell** 告訴
- **say** 說
- **listen** 聽
- **ask** 問
- **answer** 回答
- **guess** 猜
- **know** 知道
- **the best time** 最好的時光
- **more** 更多
- **wonderful** 太棒了
- **today** 今天
- **tomorrow** 明天

聊快樂的事……

🎧 Track 305

Dad:	So, what was the best part of the day?	那，今天最棒的事情是什麼呢？
Kid:	The park.	公園。
Dad:	Tell me more about it.	跟我多說一點。
Kid:	I played the slides and the swing.	我玩了溜滑梯和盪鞦韆。
Dad:	Did you have fun?	玩得開心嗎？
Kid:	Yes. I'm going again tomorrow.	對啊。我明天還要再去。
Dad:	OK. Why not?	好啊。當然！

文法解析

爸爸媽媽問小朋友「最好玩」、「最難忘」的事情，可以用「What is + 形容詞最高級 + 名詞」句型的問題，來開始聊天的話題，例如「What was the best part of the day?」（今天最棒的事是什麼呢？）、「What's the most unforgettable thing of the field trip?」（校外教學最難忘的事情是什麼呢？）等等。

還可以這麼說！

🎧 Track 306

★What was the best time of the day?
今天最棒的時光是什麼？

★I ate an ice cream cone. 我吃了一個冰淇淋甜筒。

★What about you? 那你呢？

★Tell me more. 再多說一點。

情境對話 **2**

聊新朋友……

🎧 Track 307

Kid:	**Daddy, you know what?**	爸爸，你知道嗎？
Dad:	**What?**	什麼事？
Kid:	**I met a new friend today.**	我今天認識一個新朋友喔。
Dad:	**You did?**	真的嗎？
Kid:	**Yeah. His name is Mike.**	對啊。他的名字是麥克。
Dad:	**Where did you meet him?**	你在哪裡遇到他的呀？
Kid:	**At the park.**	在公園呀。

文法解析

聊天的過程，可以問孩子有關時間、地點的細節，引導孩子描述事情。可以用「Where + did + you + 動詞」的問句，例如「Where did you meet him?」（你在哪裡遇到他的呀？）、「Where did you buy the snack?」（你在哪裡買這個點心的呢？）等等。

還可以這麼說！ 🎧 Track 308

★**Did you have fun at the park today?**
你今天在公園玩得開心嗎？
★**What do you want for breakfast tomorrow?**
明天早餐想吃什麼？
★**What shall we play tomorrow?** 我們明天要玩什麼？
★**Do you like your new toy?** 你喜歡你的新玩具嗎？
★**Do you like your new friends?** 你喜歡你的新朋友嗎？
★**Did you have fun?** 你玩得開心嗎？

Lights Off

⟹ 關電燈

寓教於樂這樣做

平常可以慢慢訓練孩子關燈睡覺的習慣，不僅省電，也可以有比較好的睡眠品質。如果孩子怕黑，可以準備小夜燈，看得到周圍的物品會比較有安全感。

💡活動1：一起學英文

可以參考列出的單字，和孩子一起認識關燈相關的英文單字，如「night lamp」（小夜燈）、「lamp」（檯燈）、「dark」（黑暗的）、「darkness」（黑暗）、「dim」（微暗的）、「bright」（明亮的）等。

💡活動2：關燈睡覺啦

關上燈後，可以問孩子說「Are you afraid of the dark?」（你怕黑嗎？），孩子會怕的話，就告訴他「I'll stay by your side.」（我會

待在你身邊。）、「You are safe.」（你很安全的。），然後慢慢縮短陪在孩子身邊的時間，訓練他習慣關燈後自己入睡。

活動3：從單字和情境對話學英文

爸爸媽媽可以和孩子一起先預習與「關燈」相關的單字，用新學到的單字練習造句，孩子造出好句子之後，爸爸媽媽要記得給點獎勵喔！學完單字後，再進入情境對話的單元，藉由不同的情境對話來熟悉使用方式，也學習相關文法概念，打好英文基礎！

相關單字看這裡

- **night lamp** 小夜燈
- **lamp** 檯燈
- **dark** 黑暗的
- **darkness** 黑暗
- **dim** 微暗的
- **turn off** 關上
- **turn on** 打開
- **bright** 明亮的
- **floor lamp** 落地燈
- **fluorescent lamp** 日光燈
- **wall lamp** 壁燈
- **bulb** 燈泡
- **twilight** 暮光
- **secured** 安全的
- **sense of secured** 安全感
- **afraid** 害怕

孩子想自己關燈……

🎧 Track 309

Mom:	It's time to turn off the light.	該關電燈囉。
Kid:	I'll do it! I'll do it!	我來關！我來關！
Mom:	OK. I'll let you do it.	好。我讓你關。
Kid:	Three, two, one, lights off!	三、二、一，關燈囉！
Mom:	Now get in bed.	現在到床上去。
Kid:	Good night, Mommy.	晚安囉，媽媽。

文法解析

小朋友有時候出於好玩搶著幫忙，爸爸媽媽要說「就讓你～吧」的話，可以用「I'll let you + 動詞」的句型，例如「I'll let you turn off the light.」（就讓你關燈吧。）、「I'll let you do the cleaning.」（就讓你打掃吧。）、「I'll let you answer the phone.」（就讓你接電話吧。）等等。

還可以這麼說！　🎧 Track 310

★Is it okay that I turn off the light now?　我可以現在關燈嗎？
★Do you want to do it yourself?　你想要自己來嗎？
★We can turn off the lights together.　我們可以一起關燈。

情境對話**2**

把燈關上……
🎧 Track 311

Dad:	**Lights off!**	關燈！
Kid:	**No. Leave them on.**	不。讓它們亮著。
Dad:	**It's too bright.**	太亮了。
Kid:	**But I'm afraid of the dark.**	但我怕黑。
Dad:	**I'll leave the night lamp on, then.**	那我就把夜燈開著。
Kid:	**Thank you, Dad. I feel safe this way.**	謝謝爸爸。這樣我覺得比較安心。

文法解析

小孩說「這樣我覺得比較～」，可以用「I feel + 形容詞 + this way/ that way」的句型表達，例如「I feel safe this way.」（我這樣比較安心。）、「I feel more relaxed this way.」（我覺得這樣比較放鬆。）等等。

還可以這麼說！ 🎧 Track 312

★**Leave the lamp on.** 讓燈開著。
★**I can't sleep with the lights off.** 電燈關掉我睡不著。
★**I don't want to sleep in darkness.** 我不想在黑暗中睡覺。
★**I can't sleep with a light on.** 有燈開著我沒辦法睡。
★**I don't like darkness.** 我不喜歡黑漆漆的。
★**It's too bright.** 這樣太亮了。

Good Night

⟹ 晚安

寓教於樂這樣做

　　一天結束時，有家人陪在身邊，是最令人安心的事情了，爸爸媽媽可以讓每天道晚安成為日常生活中的例行公事，表達對孩子的關愛。

💡活動1：一起學英文

　　可以參考列出的單字，和孩子一起認識晚安相關的英文單字，如「sweet」（甜美的）、「dream」（夢）、「sleep」（睡覺）、「kiss」（親吻）、「hug」（擁抱）、「snore」（打鼾）等。

💡活動2：道晚安

　　跟孩子交換睡前的一個擁抱，把他安頓好，說「Now lie down in your bed.」（去床上躺好。）後，就可以給孩子一個「goodnight kiss」（晚安吻），告訴他「Have a sweet dream.」（祝你有個好

夢。），接著就可以「Let's call it a day!」（結束這一天！）。

活動3：從單字和情境對話學英文

爸爸媽媽可以和孩子一起先預習與「晚安」相關的單字，用新學到的單字練習造句，孩子造出好句子之後，爸爸媽媽要記得給點獎勵喔！學完單字後，再進入情境對話的單元，藉由不同的情境對話來熟悉使用方式，也學習相關文法概念，打好英文基礎！

相關單字看這裡

- **sweet** 甜美的
- **dream** 夢
- **dreamland** 夢鄉
- **sleep** 睡覺
- **hit the hay** 睡覺
- **fall asleep** 睡著
- **kiss** 親吻
- **goodnight kiss** 晚安吻

- **hug** 擁抱
- **snore** 打鼾
- **sound asleep** 酣睡
- **yawn** 打哈欠
- **lean down** 躺下
- **lie down** 躺下
- **peaceful** 寧靜的
- **quiet** 安靜的

情境對話 1

該睡覺囉……

🎧 Track 313

Dad:	It's bedtime.	睡覺時間到囉。
Kid:	Yes, already.	是啊,已經到了。
Dad:	Don't you want to kiss me goodnight?	你不給我一個晚安吻嗎?
Kid:	Sure. Good night, Daddy.	好啊。晚安,爸爸。
Dad:	Good night, Baby.	晚安了,寶貝。

 文法解析

爸爸媽媽可以跟小朋友提議說互相給晚安吻、晚安擁抱,可以用「Don't you want to ~」的句型,例如「Don't you kiss me goodnight?」(你不給我一個晚安吻嗎?)、「Don't you give me a goodnight hug?」(你不給我一個晚安擁抱嗎?)等等。

還可以這麼說!

🎧 Track 314

★Time to hit the hay! 睡覺時間到!

★Do you want to kiss me goodnight?
　要不要給我一個晚安吻呢?

★Kiss Mommy goodnight. 給媽媽一個晚安吻。

★Sleep tight. 祝你好眠。

情境對話 2

祝孩子有好夢……　　　　　　　　　🎧 Track 315

Kid:	I'm going to sleep.	我要去睡了。
Mom:	Good. It's about time.	很好。也差不多是時候了。
Kid:	I need a goodnight hug.	我需要一個晚安抱抱。
Mom:	Sure. Come here.	好啊。過來。
Kid:	Good night.	晚安。
Mom:	I wish you have sweet dreams.	祝妳好夢喔。

文法解析

要跟小朋友說「祝你～」的時候，可以用「I wish you ～」的句型，例如「I wish you sweet dreams.」（祝你好夢。）、「I wish you a sound sleep tonight.」（祝你睡得安穩。）等等。

還可以這麼說！　🎧 Track 316

★Nighty night. 晚安。
★Sleep well. 好好睡。
★Have a good night's sleep. 祝你一夜好眠。
★You haven't kissed me goodnight. 你還沒給我晚安吻。
★Give me a goodnight kiss. 給我一個晚安吻吧。
★Time to say good night. 該說晚安囉。
★You forgot a goodnight hug. 你忘記晚安抱抱了。

原來如此 系列 **E258**

第一本親子英文會話：
學習性╳可行性╳加深親子感情的互動教案

親子共學也有教案！讓爸爸媽媽帶領孩子進入英文會話的世界！

作　　　者	蔡文宜
顧　　　問	曾文旭
社　　　長	王毓芳
編輯統籌	黃璽宇、耿文國
主　　　編	吳靜宜
執行主編	潘妍潔
執行編輯	吳芸蓁、吳欣蓉
美術編輯	王桂芳、張嘉容
法律顧問	北辰著作權事務所　蕭雄淋律師、幸秋妙律師

初　　版	2022 年 05 月
出　　版	捷徑文化出版事業有限公司
電　　話	（02）2752-5618
傳　　真	（02）2752-5619

定　　價	新台幣 360 元／港幣 120 元
產品內容	一書

總 經 銷	采舍國際有限公司
地　　址	235 新北市中和區中山路二段 366 巷 10 號 3 樓
電　　話	（02）8245-8786
傳　　真	（02）8245-8718

港澳地區經銷商	和平圖書有限公司
地　　址	香港柴灣嘉業街 12 號百樂門大廈 17 樓
電　　話	（852）2804-6687
傳　　真	（852）2804-6409

▶本書部分圖片由 Shutterstock圖庫提供。

國家圖書館出版品預行編目資料

第一本親子英文會話：學習性╳可行性╳加深
親子感情的互動教案 / 蔡文宜著 .
-- 初版 .-- 臺北市：捷徑文化，2022.05
面；　公分 .--（原來如此：E258）
ISBN 978-986-5507-81-7（平裝）
1.CST: 英語 2.CST: 學習方法 3.CST: 親子
805.1　　　　　　　　　　　110015623